口入屋用心棒

包丁人の首

鈴木英治

双葉文庫

目次

包丁人の首　口入屋用心棒

第一章

一

乱れた足音が聞こえた。

ただならぬ気配を覚えた湯瀬直之進《ゆせなおのしん》は立ち止まり、目を向けた。

降りしきる雪の幕を破って、右手の路地を一人の女が駆けてきた。髪がほつれ、目が血走っている。あわてたようにうしろを振り返る。その拍子《ひょうし》になにかにつまずき、足をよろけさせた。ああ、と甲高《かんだか》い悲鳴を発し、直之進の前に倒れ込んでくる。

とっさに直之進は足を踏み出し、両手を差し出したが、わずかに届かなかった。

湿った土にずっぽりと沈んだ顔を、女はすぐさま振り上げた。髪についた雪が水となってしたたり落ちる。

「大丈夫か」

直之進はかがみ込んだ。

「お、お助けください」

雪の上に両手をついて、女が懇願する。先ほどより激しくなった雪が、泥にまみれた女の顔をなぶるように打つ。年は二十五、六だろうか。直之進を見つめる両の瞳に力が感じられ、それが目元に色気めいたものを与えていた。

「どうした。なにがあった」

凍《こご》えるような寒さのなか、直之進は女を立ち上がらせながらたずねたが、そのときにはいくつかの足音を耳が捉《とら》えていた。土と雪を乱暴にはね上げて、数人の男が路地を走ってきた。

「あっ、あんなところにいやがった」

先頭の男が女を指さす。男たちが勢いづいて殺到してきた。それを見た女が直之進のうしろによろよろと回り込む。

「お助けください」

思いのほか、あたたかな息が首筋にかかる。直之進は、今この女が俺を殺そうと思えば殺せたかもしれぬな、と感じた。直之進の気持ちは男たちに向き、女からはそれていた。その機を逃さず、背後から刃物でぶすりとやられていたら、果たしてどうだっただろうか。

いや、いくらなんでも俺を殺すのは無理だな、と直之進は駆け寄ってくる男たちに目を当てつつ思い直した。狩人から逃れようとする兎《うさぎ》のように、身を小さくして震えている女に、そんな真似はまずできまい。

それにしても、いったいどうして俺はそんなことを考えたのか。

直之進は心中で首をひねりかけたが、その思いは男たちが間近にずらりと立ち並んだことで、断ち切られた。

眼前にいるのは六人の男だが、いずれもすさんだ目つきをしている。月代《さかやき》はろくに剃《そ》っておらず、ひげも伸び放題で、全身泥まみれだ。この寒いのに人足のように薄着で、裾《すそ》をからげ、二の腕も見せつけるように袖から出している。むろん、毛ずねも腕も泥だらけである。懐《ふところ》には匕首《あいくち》をのんでいるようだ。

そのなかで一人だけ、やくざ者にしておくにはもったいないような男がいるのに、直之進は気づいた。

その男もひげと月代は剃っていないが、役者でもつとまりそうなととのった顔立ちをしていた。もしや、女をたらし込むことをもっぱらにしている男なのではあるまいか。いま直之進の背中にすがりついている女も、この男にたぶらかされた口かもしれない。ただし、ととのっているのは造作だけで、目つきはほかの者と同様、よいとはとてもいえない。

「おい、お栄《えい》、さっさと来やがれ」

がっしりとした体格の男が直之進を無視してうしろに回り、お栄と呼ばれた女の手を引こうとする。

直之進は体を動かし、男の手を遮《さえぎ》った。実のところ、こんなことをしている場合ではなく、気が急《せ》いてならない。だからといって、女を見捨てていくわけにはいかない。

男が、おっという顔をし、直之進をにらみつけた。右手を懐に突っ込む。

「お侍、おとなしくその女を渡してもらえませんかね」

「この女性《にょしょう》はなにをした」

直之進は静かにただした。へっと、男が吐き捨てるような笑いを漏《も》らす。

「お侍には関わりのねえこった」

男が再び手を伸ばし、女の肩をつかもうとした。直之進はその腕をがっちり握った。それだけで男の顔がゆがむ。

「関わりがないことはなかろう。この女性は、俺に助けてくれといっている。助けを求められて、断ることなど俺にはできぬ」

「やせ浪人の分際で、粋《いき》がるんじゃねえよ。痛い目に遭《あ》うぜ」

「痛い目に遭うのはどっちかな」

直之進は男の腕を後ろ手にねじり上げた。いててて、と男が顔をしかめて情けない声を上げ、体をよじる。

「野郎っ」

「てめえ」

他の男たちが腰を落としてすごむ。今にも匕首を抜きそうだ。

直之進が腕を放すと、男は背中を押されたように勢いよく三歩ばかり走って、雪の上でたたらを踏んだ。仲間の手を借りてこらえ、直之進に向き直る。腕をさすりつつ、憎々しげに見つめてくる。

あたりに人けはまったくない。雪に降り込められて、江戸の者のほとんどが家にいるのである。

こうしてただ立っているだけで、冷たさが雪駄《せった》を通して足を這《は》い上がってくる。故郷の沼里《ぬまざと》では、雪は十年に一度降ればいいほうだから、正直、この寒さはこたえる。

「この女性がなにをしたかは知らぬが、おぬしら、痛い目を見ぬうちにとっとと去《い》んだほうがよいな」

「そういうわけにはいかねえんだ」

一人が右手を懐につっこむと、匕首を引き抜いた。降りしきる雪が匕首の身に触れて、水滴に変わってゆく。他の五人も匕首を構え、直之進をねめつけている。

「事情も話さず、いきなり刃物を取り出すとは、ずいぶん乱暴な話だな」

細身で目も細い男が前に出て、直之進を威嚇《いかく》するように匕首をかざした。匕首の扱いに自信があるのだろう。男は敏捷《びんしょう》そうな体つきをしている。

「おめえさんが強いのはよーくわかったが、俺たちもここで、はいそうですか、と引くわけにゃいかねえんだ。この匕首に物をいわせても、その女を連れ帰らにゃならねえ」

男たちがじりじりと雪の上を近づいてくる。いずれも凶悪そのものの面つきの上、やくざ者にしては珍しくそこそこ遣えそうであるが、むろん直之進は落ち着いたものだ。刀を抜くこともなく、平然と男たちを見やる。

「おい、やせ浪人。事情を話せば、邪魔立てしねえで女を返すのか」

先ほど腕をねじり上げられた男がきく。刃物を見せてもまったく動じぬ直之進の態度に、いくばくかの恐れを抱いたようだ。

「事情による」

「けっ、えらそうにいいやがって」

横を向いて、男がぺっと唾《つば》を吐く。そこだけ小さく雪に穴があいた。

「お栄は親分の妾《めかけ》だが、留守中にほかの男を引き込んでいやがったんだ」

「嘘です」

お栄が叫ぶ。

「私は男なんか引き込んでいません」

「だったら、儀造《よしぞう》とかいう、あの小間物《こまもの》売りはなんだ。おめえと仲よく飯を食っていたじゃねえか」

「仲よくなんかじゃありません。あれは、おなかが空《す》いたというから、お茶漬けを食べさせてあげただけです」

「それで、ごていねいに酒まで出してやったってわけかい」

「この寒さです。熱燗《あつかん》で体をあたためてから、また仕事に戻りたいといったんです」

お栄が必死の面持ちでいい募《つの》る。

「お酒を出したのはまちがいでした。それは私もわかっています。でも、儀造さんとは本当になにもないんです。ただ、田舎《いなか》が同じで年下だし、なんとなく放っておけなかっただけなんです」

「だったらお栄、どうしてさっきは逃げ出したんでえ」

「あんたたちが、ろくに話も聞かずに親分のところに引っ張っていこうとしたから。それに、儀造さんもあんな目に遭わされて……」

「おめえの話はここでちゃんと聞いたぜ。あとは、儀造ともども親分の前でいいわけでもなんでもしな」

にべもなくいって男が直之進に視線を移す。

「というわけでさ。お侍、おわかりになりましたかい」

「事情はわかった。だが、親分がいい分を認めなかったら、お栄さんはどうなる」

「さて、どうなるんですかね。怖いお方ですが、いくらなんでも、八《や》つ裂《ざ》きにするようなことはないと思いますがね」

男が肩をすくめたとき、直之進の背後でだっと雪を蹴る音がした。お栄の姿が分厚い雪の幕を突っ切るように遠ざかってゆく。

「待ちやがれっ」

細身の男が怒鳴り、他の者たちが追いかけようとする。直之進はさっと足を出した。引っかかった先頭の男が、派手に雪を巻き上げて地面に転がる。続こうとした男たちがあわてて男を立ち上がらせた。

「あくまでも邪魔しようってんだな」

細身の男が瞳をぎらつかせていう。手のうちで匕首を握り直した。

「すまぬな。そういう性分《しょうぶん》なんだ」

実際、こんなことに関わり、ときを空費している場合ではないが、お節介《せっかい》な性格はどうにも直りそうにない。

「お侍、後悔するぜ」

「仕方あるまい」

きゃ、とお栄の悲鳴がし、直之進は振り返った。五間ほど離れたところで、お栄が雪に滑り、転んだところだった。雪をかいて必死に立ち上がったものの、足をくじいたか、走ることができずにいる。歩くこともままならないらしく、雪の上でよろけている。今にも手をつきそうだ。

お栄に気を取られた直之進の隙を衝《つ》き、男たちが匕首をきらめかせて突っ込んできた。あたりにはいまだ人けはない。雪は相変わらず降り続いている。

男たちからは、あたりを覆う寒気を振り払わんとするかのような殺気がほとばしる。ここで本当に直之進を殺《や》ってしまってもかまわないという気でいる。こういう仕事に慣れた連中なのだろう。

むろん、直之進に油断はなかった。自信ありげだっただけのことはあり、細身の男が振り下ろしてきた匕首は、ひやりとさせられそうな鋭利な凶暴さを秘めていたが、直之進は瞬時に見切り、軽く体を動かした。顔の間際を通り過ぎた匕首は反転し、直之進を追おうとしたが、その前に男の顎《あご》から、がつ、という音がした。匕首は宙で力なく止まり、直之進はすぐさま拳を引いた。苦しげに顔をゆがめた男がのけぞり、膝から雪の上に崩れ落ちていった。

横合いから突き出された匕首を直之進は身を低くしてよけ、相手の腹を殴りつけた。腹は筋肉の鎧《よろい》で覆われていたが、げぼっと声を発して男が腰を折った。

正面から迫ってきた男が横に払った匕首を直之進はかわし、相手の顔に肘《ひじ》を入れた。男は電光でも走り抜けたかのように体を直立させ、雪の上に倒れ込んでいった。

三人があっという間にやられたのを目の当たりにしても、ひるむことなく四人目の男が突進してきた。匕首を振りかざす。隙ができた腹に、直之進は蹴りを入れた。男は匕首を放り投げるや、腹を押さえて雪に膝をつき、顔から倒れていった。

なおも別の男が突っ込んでくる。その肩に直之進は手刀《てがたな》を浴びせた。あっと声を出して背中を反《そ》らせ、男は雪を激しくはね上げて転倒した。

最後の男は、足払いをかけて雪の上に転がした。腹這いになりつつも匕首で切りつけようとするので、直之進は男の顔に拳を入れた。息の詰まった声を出した。男は雪の上に突っ伏し、気絶した。

直之進はぱんぱんと手を払い、六人の男を見渡した。四人はうめき声を発しながらもぞもぞと雪の上を動いているが、二人は気を失ってまったく動かない。

まさか凍え死にするようなことはないだろうが、直之進は背後から抱き起こし、二人に続けざまに活《かつ》を入れた。二人は目を覚ましたものの、雪の上に座り込んだまま、なにが起きたかわからないような顔であたりを見回している。呆《ほう》けたように顔を見合わせていたが、振り向いた途端、直之進と目が合い、ぎくりとして腰を浮かせた。あわてて跳びはね、直之進と距離を取った。

直之進はお栄がどうしているか気にかかり、背後を見やった。だが、お栄の姿はどこにもない。消えていた。

足をくじいたはずだが、歩けたのだろうか。まだそんなに遠くに行っていないはずだ。捜そうかという気になったが、直之進はすべきことがあるのを思い出した。というよりも、やくざ者を相手にしているときもずっと気になっていたのだ。

六人の男をその場に置き去りに、直之進は走り出した。頭に積もっていた雪が、巻き起こった風で滑り落ちる。先ほどよりずっと雪は激しくなって、先が見通しにくくなっている。まだ七つ前のはずだが、夜が間近に迫ったかのように空はひどく暗くなっており、そこから途切れることなく白いものが落ちてきていた。

なにかいやな予感がし、それに押されるように直之進は雪を蹴立てて走り続けた。だが、雪には慣れておらず、あまりうまく駆けることができない。それがもどかしくてならない。

弟の房興《ふさおき》がかどわかされたことを知った主君の真興《さねおき》が江戸に到着するという大事なときに、予定よりもずっと遅れてしまった。これでは、真興を上屋敷の前で出迎えることはできぬのではないか。

——後悔するぜ。

やくざ者の言葉が頭に鳴り響く。

いったい俺はなにをしているのだという気持ちが、焦りの炎を煽《あお》り立てている。

二

いらいらする。

焦《じ》れたところで仕方ないのはわかっているが、員弁《いなべ》兜太《とうた》は苛立《いらだ》ちを抑えられない。

真興の行列が来ないのだ。

道の端に立つ松の木陰にずっとひそみ続けているため、兜太は雪まみれだ。全身が冷え切っている。

もっとも、このほうが、しきりに道を行く者たちの目をくらませることができ、かえって好都合かもしれない。かたわらに小さな石地蔵が立っているが、こちらも雪で真っ白である。

空はどんよりと曇り、途切れることなく雪が落ち続けている。太陽が今どのあたりにあるのか知れないが、あたりは急速に暗さを増しつつある。冬の日は短い。あと四半刻（三十分）ほどで、夕暮れを迎えることになりそうだ。

気温がひどく下がっている。鍛えているから震えが出るようなことはないが、こうしてじっと寒さにさらされているのは、みじめさが募ってならない。できることなら、この場を飛び出して真興の行列が今どこまで来ているのか、確かめたいくらいである。

手と指がかじかまないよう、大福によく似た石をしきりに手のうちで動かしているが、この程度のことでしっかりと刀を握れるか、心許《こころもと》ないものがある。ただ、なにもしないよりはずっといいだろう。石は、雪がひどくなる前に拾っておいたものだ。

それにしても寒い。故郷の名古屋も冬になると伊吹《いぶき》おろしが吹き、よく雪が降るが、吐く息まで凍りそうになるほど冷えることは滅多にない。

江戸に来て久しいが、こんなに寒い日は初めてである。この寒さのせいで、湯瀬直之進に斬られた左の脇腹がひどく痛むのだ。

　まさかこのわしがあの男に後れを取るとは、思わなんだ。いずれこの借りは返す。それはそう遠い先のことではない。

　ここ小川町は武家屋敷が数多く立ち並び、大勢の侍が行きかうだけに道はぬかるみと化している。道の向こう側に建つ屋敷の長屋門は、屋根だけでなく全体がすっぽりと白くなっている。

　沼里家の上屋敷の者たちも長屋門の前に勢ぞろいして首を伸ばし、主君の到着を今か今かと待ち構えている。全員が頭を真っ白にしている。

　真興の在国の時期だけに、さほどの人数はいない。留守居役《るすいやく》も含め、せいぜい三十人ばかりか。あの者らも、気が気ではないはずだ。真興の到着を前もって知らせる先触《さきぶ》れさえ、いまだに姿を見せていないのだ。

　先だって兜太が仕入れた話では、ここ神田小川町にある沼里家の上屋敷に、今日の七つ（午後四時）には真興が到着するとのことだった。先ほど時の鐘が七つを知らせたというのに、真興の行列がやってこないのは、おそらくこの雪のせいだろう。真興の供は暖国沼里の者で、雪道に慣れていないのである。

せっかくお栄たちに命じ、直之進の到着を遅れさせる手立てを講じたというのに、これではなんの意味もなくなってしまうのではないか。兜太は苦々しげに唇を噛んだ。

ふと横合いに気配を感じ、木陰から首を伸ばした。ぬかるみに足を取られ、泥をはね上げながら、よたよたと走ってくる二人の侍が見えた。蓑《みの》をすっぽりと着込み、笠をかぶっている。二人とも、雪の上で転がり回ったかのように真っ白である。

先触れの者ではあるまいか。上屋敷の者たちも気づき、必死に近づいてくる二人をじっと見つめている。

兜太の前をなにも気づかずに通り過ぎた二人は、案の定、長屋門にたどり着き、上屋敷の者たちの盛大な出迎えを受けた。

真興が今どのあたりまで来ているのか、質問攻めに遭っているのだろう。先触れの二人は、いま来たばかりの道を指し示し、説明しているようである。

兜太はそちらを見やった。道が下り坂になっているためにやや見にくいが、まとまった人数が近づきつつある気配が、降りしきる雪の向こうから伝わってきた。

――来たか。

兜太は鯉口《こいぐち》を切った。あたりの気配をうかがい、いつでも飛び出せる姿勢を取る。

相変わらず直之進の姿はどこにもなく、すぐにやってくるような気配も感じない。お栄たちはうまいこと、してのけたのだろう。本来ならば、あの男は今頃、真興を長屋門の前で待っていなければならない。

真興を屠《ほふ》るのに、直之進は邪魔者以外のなにものでもない。なにしろ、あの男は実にしぶといのだ。しかも、川藤仁埜丞《かわとうじんのじょう》の教えを受けて、こちらが辟易《へきえき》するほど腕を上げている。むろん、いずれこの世から消すつもりではいるが、今はこの場に姿を見せぬだけで十分だ。

絶え間なく降る雪が織りなす幕の向こうに、うっすらと二つの光の輪が見えてきた。行列の先頭を行く供は、すでに提灯《ちょうちん》に火を入れているのだ。提灯の揺れがひどいのは、風も強くなってきているからである。

真興の供は全部で二十人ほどか。通常の大名行列では考えられない少なさだが、真興にとっては弟の房興がかどわかされた非常のときである。とにかく迅速に江戸に着くことだけを思案した結果、最少の人数を引き連れていくことに決したのであろう。

数は少ないといっても、遣い手ぞろいのはずだ。直之進が心から仕えている真興が選び抜いた者どもなら、かなり遣えるにちがいあるまい。精鋭ばかりなのであろう。決して油断はできない。

とにかく不意を衝くこと。こたびの闇討ちを成功させるのに必要なことは、ただそれだけである。

泥濘《でいねい》に足を取られないようしっかりと歩を踏みしめつつ行列がやってきた。兜太の前にかかる。供の者たちはあたりに厳しい警戒の目を投げてはいるが、ようやっと上屋敷が見えてきたことで、わずかに表情をゆるめている。かすかに弛緩《しかん》の雰囲気が漂っていることを、兜太は見逃さない。

だが、それも無理はなかろう。沼里から江戸まで急ぎに急いだせいで、誰もが疲れ切っているのだ。

それでも、誰一人として柄袋《つかぶくろ》はつけておらず、もしなにか危急のことがあれば、すぐさま刀を引き抜けるように備えているのは、真興の薫陶《くんとう》によるものだろう。

真興の供の者たちはいざ戦いがはじまれば、冷静に鋭鋒《えいほう》そのものの働きを見せるのだろうが、疲労というのは注意力を無慈悲に奪ってしまう。おそらく、やつらが真輿の駕籠《かご》に接近する兜太の姿に気づくことはない。

　行列の真ん中には、目当ての駕籠がある。兜太は瞬《まばた》きすることなく、じっと見た。うむ、と心中でうなずく。沼里のあるじは、まちがいなく乗っている。

　真輿を一度も見たことはないが、駕籠から、いかにも器の大きさを感じさせる気配が発せられているのだ。まだ二十歳の若さの真輿は将軍に目をかけられ、いずれ幕府の要職に就《つ》くであろうと目されている男だが、それもさもありなんと思わせるに十分な気配である。

　この気配は、大名として生まれ、その上に器量人として世に認められた者だけが発するものなのであろう。

　将来を嘱望《しょくぼう》され、出世を約束された者を抹殺する。それは自分のごとき力のある者だけが、してのけられる所行である。兜太の背筋を走り抜けていったのは、紛《まぎ》れもなく快感の波だった。

　一人の供が駕籠に身を寄せ、なにごとかささやくのが見えた。上屋敷に無事に到着したことを、真輿に知らせているようだ。

　それに応じて駕籠の引き戸があき、若い男が顔をのぞかせた。雪と風のすさまじさに眉を曇らせたが、澄んだ目と涼やかな口元に聡明さが色濃くあらわれていた。直之進が忠実に仕える理由がわかる、心のあたたかそうな顔つきをしている。

すぐさま引き戸は閉じられ、真興の顔は再び駕籠におさまった。だが、すぐにまた引き戸があき、真興がいぶかしげな顔で、なにかを探すようにこちらを見た。だが、なにも見つからなかった様子で、軽く首を振って引き戸を閉めた。

——ほう、わしの視線を感じおったか。

そのあたりはさすがといえようが、木陰で雪をたっぷりとかぶっている自分が、真興に見つけられるはずがない。

——よし、やるぞ。あの瞳から永久に光を消してやる。

体についた雪をすべて振り払った。白い息を一つついて、兜太はふらりと松の大木の陰を出た。暗さはさらに深いものとなり、気温が低くなるとともに、雪は激しさを増している。真興の供の者には、こちらの姿は相当見えにくくなっているはずだ。その上で、兜太は闇隠れの剣を遣うつもりでいる。

ここまできて、もはやしくじるわけにはいかない。兜太はかたわらの石地蔵の上に、握りこんでいた丸石をちょこんとのせた。それから無造作に雪のなかを歩き出す。

兜太の瞳には、駕籠のなかで血まみれになって息絶える真興の姿がくっきりと映り込んでいる。

三

江戸に着いてからが長かった。

日が傾き、気温が下がり出して、あっという間に雪が降り出した。まるで真興の江戸入りを待っていたかのように、雪は降りはじめたのである。吹雪《ふぶき》のような降り方で、踏みしだかれた道は泥濘と化した。そのために、雪にまったく慣れていない者たちの道行きは、難儀を極めたのである。

駕籠のなかは、ずいぶん寒かった。特に足先が冷えた。それでも、雪や風をじかに受けない分、蓑と笠を真っ白にして道を歩んでいる家臣たちや駕籠者よりはるかにましで、真興はじっと寒さをこらえ続けていたのだ。

それが、先ほど、ようやく神田小川町の上屋敷にじき到着することを、供の者に知らされたのである。永遠にこの道行きが続くのではないかと思えていたから、こらえきれずに駕籠の引き戸をあけ、顔をのぞかせて上屋敷の方角を見た。

雪と風のすさまじさに我知らず顔をしかめたが、見慣れた長屋門が視野に入り込んできて、さすがにほっとした。門前で、上屋敷の者が総出で行列の到着を待っているのが望める。

真興は引き戸を閉じると同時にひどい疲労を覚え、目をつぶった。だが、今どこからか誰かの視線を感じたような気がしてならなくなり、再び引き戸をあけた。

外を見渡してみたが、この激しい雪と風のなか、こちらを見つめているような酔狂《すいきよう》な者の姿は見当たらなかった。勘ちがいだったのだろうかと首をひねりつつ、真興は引き戸を閉めた。

なんとなく釈然《しやくぜん》としないものはあった。だが、もうすぐ上屋敷に着くという安堵《あんど》の気持ちに真興はあらためて目をつぶった。

駕籠のなかは寒いままだが、このまま寝てしまいそうだ。これまで房興のことを思って必死に道を急いできて、張り詰めていたものがあったのだが、その緊迫した糸が、生まれ育った上屋敷を目の当たりにして、ぷつっと切れたのである。

なにしろ、夜を日に継《つ》いでここまでやってきたのだ。沼里から江戸まで、ふつうなら二泊しなければならない旅程を、ただの一泊ですませたのである。

その一泊も、旅籠《はたご》に夜の四つ（午後十時）頃に着き、翌未明の八つ半（午前三時）には出立するというあわただしさだった。

それでも、自分はまだ駕籠に揺られているだけだからよいが、ずっと徒歩の供の者や駕籠を担いできた駕籠者たちは、今やその場にへたり込みたいほど疲れ切っているのではあるまいか。

真興自身、上屋敷に着いたらすぐにでも横になりたいが、房興危急のときである、そんな悠長《ゆうちょう》なことはしていられない。疲労の極《きわみ》にいるはずの家臣たちにも、働いてもらわなければならない。

いきなり駕籠が、がくんと揺れた。

なにがあった、どうしたと声を発する間もなく、さらに駕籠が傾き、真興の体は右側に倒れそうになった。

両手を左右に伸ばし、体を支えようとしたが、そうする前に駕籠の屋根が、いきなり音もなくすっぱりと二つに割れた。

あまりの鮮やかさに、かえって邪悪なものを感じ、とっさに真興は体を縮めたが、すぐに目をみはることになった。なにかが頭上できらめいたかと思うと、それが顔をかすめて通り過ぎていったのである。

左肩に痛みを覚えた。見ると、着物がきれいに切れていた。血が出はじめているが、たいした傷ではない。駕籠が傾いたために、なんとかこのくらいですんだのだ。それがなかったら、刀は確実に真興の脳天を叩き割っていた。

なにがどうしたのか、今もってわからないが、とにかく刀を手にした何者かが襲ってきたのはまちがいない。

真興は、先ほど視線を感じたのを思い出した。あれは勘ちがいなどではなかったのだ。もし仮に、視線の主を雪のなかに見つけていたとしても、この襲撃がなかったということにはならない。何者かに狙われた以上、もはや避けようのないことだったのである。

殿っ。

きさまっ。

なにやつ。

家臣たちの切迫した声が次々に響く。駕籠にいては危ないと知った真興は、引き戸を蹴破るようにして外に転がり出た。

猛烈な雪と風に包まれる。殿、と寄ってきた数人の家臣の手を借りて、真興は立ち上がった。

「大丈夫でございますか」

「肩をやられたが、たいしたことはない」

「殿、さ、上屋敷へ。すぐにお手当を」

「いや、待て」

真興は制した。供の者たちが駕籠と真興を背にして、刀を構えていたのだ。

いくつもの刀尖《とうせん》が向けられた先には、一人の男らしい影がおぼろげに立っていた。刀を正眼《せいがん》に構えているのはわかるのだが、男の顔が判然としない。影が人の形をしているのが、かろうじてわかる程度である。

暗さがぐっと増してきているなか、男の影は幻のようにはかなげだが、降りしきる雪が体にまとわりついているせいか、かすかに白い光を帯びている。

その白い光のために男がそこにいることがわかるのだが、佇立《ちょりつ》する影がどこかこの世のものでないように思え、真興は眉をひそめた。いったい何者なのか。どうして自分の命を狙うのか。

真興との距離は、およそ三間といったところだ。

「どけ」

影が威嚇するように低い声を発する。それで、真興の家臣たちが臆するようなことはない。男に向けて刀を構えているのは、十六人の遣い手である。しかも、すでに行列に異常が起きたことを察し、上屋敷からも人数が駆けつけている。男は四十人に近い侍に囲まれている。だが、男から焦りの気配は感じられなかった。むしろ、全身から余裕めいたものすら漂わせている。少なくとも、家臣たちを恐れてはいない。

「どかねば斬る」

もちろん、その言葉にひるむ家臣たちではない。

むん、と男が不意に声を上げた。その直後、男の影からはかなさが消え、同時に白い光の帯が輝きを増した。影はひときわくっきりとし、人の形もあらわになった。

男が小さく首を振った。

「これほどの雪のなかでは、どうもうまくいかぬな。修行不足か」

ぼそりとつぶやく。

つまり、と真興は覚った。この男は闇のなかに自分の体を消してしまう、なんらかの術《すべ》を心得ているのだろう。

「雪は好都合と思ったが、まさかこんな思惑ちがいが生ずるとは……」

男はそういうと顔を上げ、真興をまっすぐ見た。目が異様に光っている。真興は背筋に冷たいものが走ったが、その思いを外に出すことはない。

男が真興から視線を外し、まわりを見る。背後にも目を向けた。誰かを待っているのか。

男が再び真興に目を据えた。決意したように深くうなずく。

雪煙《ゆきけむり》を上げ、泥をはね上げて走りはじめる。

まっすぐ真興に向かってきた。家臣たちが次から次に刀を振り下ろしてゆくが、それがあっさりとかわされる。男の体がわずかに動くだけで、すべての刀が空《くう》を切ってゆくのだ。

信じられぬほどの腕を持つ男である。いったい何者なのか。どうしてこれほどの遣い手に、命を狙われなければならぬのか。

そんなことを一瞬のうちに真興は考えた。そのあいだにも、男はその距離を詰めてくる。

「殿、上屋敷にお入りくだされ」

付き添っていた家臣があわててうながす。

「殿、さ、早く」

ほかの家臣が真興の手を取る。真興としては刀を手にして男を迎え撃ちたかったが、考えてみれば、自分にそんな腕はない。遣い手ぞろいの家臣たちが繰り出す斬撃を、刀も使わずにくぐり抜けてくる男の相手をできるはずがなかった。しかも、肩に傷を負っている。ろくに刀を振れるはずもなく、男の間合に入った途端、一瞬のうちに斬って捨てられるのが落ちだろう。

無念だが、男の相手はあきらめるよりない。真興は六人の家臣に包まれつつ、上屋敷を目指した。

だが、男の足は速い。長屋門まで、あとほんの十間ほどしかない。

瞬《また》く間に迫ってきた。家臣の一人がそれに気づき、男を斬り伏せようと立ち止まったが、振り下ろした刀はあっさりと空を切った。姿勢を低くした男の足は速さを増し、距離がぐっと縮まった。

上屋敷の者も含めた家臣たちが次々に立ち向かってゆくが、男にはまったく刀は当たらない。実体のない男の影を斬っているかのようで、実際に目の当たりにしている真興ですら、こんな者が本当にこの世にいるのか、と信じることができずにいる。

真興の間近まで来てさすがに家臣たちの守りが厚くなり、男は刀を使いはじめた。だが、家臣たちを斬ろうとはしていない。刀はひたすら、振り下ろされる斬撃を弾き返すことのみに使われている。

突き出された槍と化したように、男は真興をめがけて一直線に走り寄ってくる。その狙いはただ一つ、真興の命なのだ。

真興は男の執念深さとすさまじい迫力に、心底、胆が冷えた。足ががくがくする。死神が刺客になったとしたら、まさにこんな感じなのではないだろうか。

姿勢は低くしているが、怪鳥が羽を広げたように男は自分を包み込もうとしていると真興は感じた。あの羽に包まれたときが、おのれの最期のときであろう。

男との距離は、もう二間もない。家臣たちの刀はすべてはね返されている。男の突進は止まらない。

ついに、男の間合に入ったのを真興は感じた。余裕を持って追いすがる男の顔がはっきりと見えた。

隻眼《せきがん》で仁王のごとき顔貌《かおかたち》をしているが、その口が裂けるようにゆがめられた。

笑っている――。

真興の背筋が凍りついた。

房興がかどわかされたことを急ぎの文で伝えてきた直之進は、員弁兜太という隻眼の侍の仕業《しわざ》であると断言していた。目の前で刀を手にしているのは、その員弁兜太なのか。

まずまちがいあるまい。

これまで家臣たちの斬撃を防ぐことだけに使われていた員弁兜太の刀が、満を持して一気に上段から振り下ろされる。

殿っ、危ないっ、と家臣たちから悲痛な声が上がる。

――殺《や》られてたまるか。

真興は横に跳んだ。刀がかすかなうなりを発して、頰をかすめてゆく。あまりの際どさに、殺られてしまったのではないかと思うほどだったが、もがくようにしてぬかるみの上に立った真興は、どこも斬られていないことを知った。

続けざまに斬撃が見舞われた。今度も上段からである。避けられぬと真興は観念しかけたが、体が勝手に動いていた。

次の瞬間、足がずるりと滑り、体だけが逆の方向に動いた。そのせいなのか、員弁兜太らしい男の刀は真興からずれ、右肩をかすめて流れていった。

刀はすぐに反転して、真興を追ってきた。真興はあわてて体を縮めた。髷《まげ》を飛ばさんばかりに、頭すれすれに刀は行き過ぎた。

だが、その拍子に真興は尻餅《しりもち》をついた。すぐさま立とうとしたが、手が泥で滑ってしまい、這いつくばるのが精一杯だ。

真興は背後に気配を感じ、振り向いた。巨大な影が、ほんの二尺ほどうしろに立っていた。すでに刀を振りかざしている。

万事休す。真興は心の声を耳にした。俺の命はここで尽きるのか。もう少し生きていたかった。

ならば生きろ、という声がどこからか聞こえてきた。

兜太は今度は笑わなかった。真剣な顔を崩すことなく、上段から猛然と刀を振り下ろしてくる。

目にもとまらぬほどの斬撃のはずなのに、どうしてか、真興には刀の動きがゆっくりに見えた。

これならばよけられる。ぬかるむ泥を手でかいて、真興は横に動いた。その途端、男の刀は元の速さに戻り、真興の視野から一瞬で消え去った。

刀の動きがゆっくりに見えたのは幻だったのではないかという疑いさえ抱いたが、今もこうして自分は生きている。先ほどのは幻などでは決してない。奇跡が起きたとしか考えられないが、兜太の斬撃をよけられたのは紛れもない事実なのだ。

兜太が信じられぬという顔で、真興を見ている。兜太にもなにが起きたのか、わからないのだろう。それを隙と見て、家臣の一人が刀を袈裟懸《けさが》けに振り下ろす。

だが、それは軽々と弾き返され、家臣は力なく後退した。

別の家臣も突っ込んでゆく。だが、打ち返された刀が手を離れ、宙を舞う。遠く雪の上におちていった。兜太を包み込んで、前からうしろから家臣が立ち向かってゆくが、同じように次から次へと刀を絡《から》め取られてゆく。得物をなくした家臣たちが、呆然とその場に立ち尽くす。

我に返り、真興を守ろうと兜太の前に立ちはだかる者たちに、容赦なく兜太の斬撃が見舞われる。肩や足から血を噴き出させて、家臣たちが雪の上に倒れてゆく。降り積もったばかりの雪は赤く染まり、ぬかるみにしたたった鮮血は泥の色をわずかに変えてゆく。

倒れ込んだ家臣たちは泥濘のなかでのたうち回っているが、致命傷を与えられてはいないようだ。兜太は命を奪うつもりがないのか、家臣たちの体に軽く刃を入れ、戦えなくしているだけだ。

それでも、真興は家臣たちの苦しむ姿を見て、涙が出そうだった。自分のために命を投げ出そうとする者たちが、惨憺《さんたん》たる目に遭っている。傷が治っても、これまでと同じ暮らしを営むことはできないかもしれない。不憫《ふびん》でならず、一刻も早く苦しみや痛みから救い出してやりたいが、いま自分にできることは、なんとしても生き長らえることしかない。

それこそが身を挺して自分を守ろうとしている家臣たちに報いる、ただひとつの道だ。

目の前からあらがう者が一人もいなくなり、兜太が再び真興に狙いをつけたのが知れた。

同じ奇跡が二度も起きるとは思えない。真興は長屋門がどこにあるかを素早く確かめた。二間ばかりうしろで、口をあけている。

あそこに入り込めれば、なんとかなるのではないか。真興は力を振りしぼって、長屋門を目指した。

兜太の気配が背後に重く迫る。振り向いても仕方ないと知りつつも、真興はうしろを見ずにはいられなかった。兜太がかっと右目をあけ、刀を振り下ろそうとした。

ここまで来て殺られるわけにはいかぬ。

だが、兜太の斬撃はこれまでにないほど鋭かった。仮に刀がゆっくりと落ちてくるように見えたとしても、よけることはかなわないのではないか。

間に合わぬと思いながらも、真興は横に跳んだ。その寸前、がつ、という音を聞いた。それがなんなのかわからなかったが、兜太の刀が体を両断することはなかった。

真興はこわごわながら、再びうしろを見やった。兜太が刀を握っている右手を左手で押さえ、背後を見つめている。怒りに打ち震えているようだ。

その視線の先になにがあるのか、真興には見極めがたかったが、とにかく兜太の目がそれた今を逃すわけにはいかない。雪の上を這うようにして長屋門に入り込んだ。

「殿、大丈夫でございますか」

「お怪我は」

と次々に声がかけられ、きしみ音を立てて長屋門が急ぎ閉じられる。

外には傷ついた家臣たちがいるが、今は兜太を屋敷内に入れないようにすることが先決だ。真興を仕留め損ねた怒りを込めて、兜太が家臣たちの息の根をとめて回るようなことはあるまいと信じたい。

それにしても、と両肩を大きく上下させて荒い息を吐きつつ真興は思った。あの音はなんだったのだろう。なにかが兜太の右手にぶつかったのは、まちがいない。

石だろうか。誰かが礫《つぶて》のようなものを投げつけ、それが兜太の右手に当たった。そのために兜太の斬撃がぶれ、刀が真興の体に届かなかったのではないか。

いったい誰が礫を投げたのか。戦国の昔ならば、礫打ちをもっぱらにする隊が置かれ、手練《てだれ》はいくらでもいたのだろうが、今はそんな精妙な技を持つ者は、少なくとも家中にはいない。

太平の世の到来で技が果てたといっても、と真興は思った。礫を投じることで最悪の危機から自分を助け出せる者は、有能な士が多い家中といえども、ただの一人しかいない。

ほかの者では礫を投げたとしても、兜太の右手に当てることはまずできまい。それだけの冷静さと勝負強さを身につけている者といえば、やはりたった一人しか思い浮かばない。

——来てくれたのだ。

真興は、端整な顔を思い起こし、心のなかに小さな安堵が湧きあがったのを感じた。

湯瀬直之進が駆けつけてくれたのなら、もう安心だ。傷ついた家臣たちが殺される恐れも、もはや消えたといってよい。

門外で兜太と対峙する直之進の姿を想像しながら、真興は大きく息をひとつ吐いた。

四

降りしきる雪のせいで、はっきりとは見えないが、十五間ばかり先で真興が窮地に陥っているのはまちがいなかった。

背中がひりひりと痛むような感じは、真興の危機の深さを伝えているのだと直之進は確信した。

なにかよくないことが起きているのではないかという予感は、杞憂ではなかった。お栄のことでときを費やしてしまったが、それでもあきらめることなく急ぎに急いだのが、功を奏したのか。

だが、真興を助け出したわけではない。

今から刀を振りかざして突進したところで、真興を危地から救うことはできない。距離がありすぎる。駆けつける前に真興は斬り殺されてしまうだろう。

雪の幕の向こうにうっすらと見えている影は、員弁兜太ではないか。友垣《ともがき》となった倉田佐之助《くらたさのすけ》に重い傷を与え、剣の師匠である川藤仁埜丞をだまし討ちにした大怪我を負わせた男である。影だけしか見えないといっても、見紛《みまが》うはずがない。あの男がどうして主君の真興を襲っているのか。気になってしようがないが、今はそのことを考えている場合ではない。

直之進はあたりを見渡した。なにか飛び道具になるものはないか。

松の大木の横に雪まみれの石地蔵が立っているが、その上に石がのっていることに気づいた。

降りしきる雪を浴びてはいるものの、そこに置かれてからまださほどのときがたっていないのか、白いものをたっぷりとはまとっていない。

直之進は駆け寄り、その石をつかんだ。さすがに冷たく、指がひんやりとする。

直之進は、雪の幕の向こうにうっすらと見えている影を凝視した。刀を振るっているのは、やはり兜太であろう。あの刀の下には主君がいるはずだ。

必ずこの石を当てなければならぬ。

外したら主君の命はない。心に不安が過《よぎ》ったが、負けてはいられない。

兜太が刀を上段にかまえ直した。

狙いを定めるや、直之進はためらうことなく石を投じた。

石が雪の幕に吸い込まれてゆく。

石が十五間の距離を通り抜けるあいだ、走り出しながらも直之進は祈るような気持ちだった。だから、がつ、と鈍い音が耳に届き、影がさっとこちらを振り向いたときには、喜びに胸が震えた。

兜太は怒りをたたえて、降りしきる雪を見透かしている様子だ。どうやら、刀を握る右手を押さえているようである。

右手とは、最もよいところに当たったものだ。あれならば、主君に兜太の斬撃は届かなかっただろう。今のうちに上屋敷に逃げ込んでくれればよい。

直之進は雪と泥を蹴立てて、こちらに向き直った影に駆け寄っていった。すでに刀を抜き、右肩にのせている。

影が刀を正眼に構える。いかにもいまいましげな動き方をしている。石を投げつけてきたのが湯瀬直之進であると覚ったのだろう。直之進の登場を、兜太は明らかにいやがっている。なにしろ、ついこのあいだ、兜太の左脇腹に傷をつけたばかりなのだ。浅手《あさで》といえども、兜太は直之進を苦手に思っているのではないか。

とはいえ、傷をつけられたお返しに、あの男はこの俺を殺すつもりでいるのだろうが、必ずや返り討ちにしてくれよう。

大勢の家中の者たちが、血を流して倒れていた。いずれも浅い傷で命には別状がなさそうだが、これらの者すべてが兜太に傷つけられたのだと思うと、怒りに全身が震えた。

兜太の前に立った直之進は、すっと刀を構えた。冷静になれ、と自らに言い聞かせる。取り乱していては兜太にやられる。なんとかして生きたまま捕らえ、房興さまの居場所を吐かせたい。

すでにだいぶ暗くなってきている。兜太には闇に姿を隠せる刀法がある。あの剣を破る手立ての一つとして、兜太の体に光を当てたことがあるが、そのときは龕灯《がんどう》を手にした和四郎《わしろう》の助けがあった。いま和四郎は上司である、勘定奉行の家臣淀島登兵衛《よどじまとうべえ》の田端《たばた》の別邸に行っている。

一人でなんとかするしかない。

直之進は、目の前の隻眼の男をにらみつけた。傲然と兜太が見返してくる。

「どうして我が主君を襲った」

直之進は兜太に言葉をぶつけた。

「さあてな」

刀をだらりと下げ、兜太がしらを切る。

「房興さまはどこだ」

「さあ、知らぬ。自分で探したらどうだ」

昂然《こうぜん》と胸を張《は》り、直之進を馬鹿にしたように答える。その態度があまりに憎々しくて、直之進は兜太を殺したくなった。それが無理でも、この男を思う存分殴りつけることができたら、どんなに爽快《そうかい》だろう。

くっくっと兜太が笑いをこぼす。

「わしを斬りたくてならぬという顔だな。どうだ、やってみるか」

兜太が刀を構える。ふと大袈裟《おおげさ》に顔をしかめ、苦々しげに口にする。

「左脇腹に加え、うぬには右手もやられたからな。刀を握るのも痛くて仕方ない」

逃げる気だ、と直之進は踏んだ。この機を逃すつもりはなかった。直之進は一気に突っ込んだ。

それを待っていたかのように、兜太の右肩がぐっと落ち、同時に刀尖が地を掃くほどの位置まで下がった。そこから刀が豪快に振り上げられてくる。怪我をしていることなど、微塵《みじん》も感じさせない斬撃だ。

直之進の目には一瞬、刀の出どころが見えなかった。気づいたときには、兜太の刀が眼前に迫っていた。

正眼に構えていた刀で受けたものの、直之進は体ごとうしろに弾き飛ばされるような衝撃を受けた。たたらを踏んでなんとかこらえたものの、完全に体勢を崩された。斬るのが目的ではなく、はなから相手の構えを打ち砕くことに重きを置いた刀法だ。

直之進が応戦の体勢を取る前に、兜太が踏み出してきた。一気に上段から刀を振り下ろしてくる。

直之進は刀を上げ、受け止めようとしたが、兜太の刀は胴へと変化を見せた。思いもかけない動きで、かわしている暇はない。かわそうとするのでは、ただ斬られるだけだ。

直之進は命を捨てる覚悟をした。死んでもよいと思った。おきくの顔が脳裏に浮かぶ。相打ちを覚悟で、刀を槍のように突き出していった。

兜太のほうが直之進とともに倒れることをきらい、さっと下がった。直之進は刀を引き、正眼に構えた。

兜太が隻眼を細めて直之進を見る。

「うぬ、わしを倒すためならおのれの命を捨てる気だな」

「きさまごときを倒すために捨てるのではない。殿を襲い、房興さまをかどわかしたことが許せぬだけだ」

「主君のためなら命が惜しくないか。この犬めが」

「犬のほうがよほど人間らしいこともある」

兜太が隻眼で見据えてくる。

「わしが死んだら、永久に房興の居場所はわからぬままぞ」

やはり房興さまは生きていらっしゃるのだな。直之進の胸に、希望の灯りがともった。この男のいうことを信じるなど馬鹿げているが、この言葉だけは疑う必要はない。房興さまが殺されてしまうはずがない。

直之進は兜太を冷ややかに見つめた。

「きさまが死んでも、誰かが必ず房興さまの居場所を突き止める。それは俺が死んでも同じことだ。俺に続く者が必ず明らかにしてくれよう」

「たいした自信だ」

兜太が鮮やかに刀を鞘《さや》におさめた。

「それにしても、強くなったものよ。今のままのわしでは到底殺れぬ。殺れるときに殺らなかったわしのしくじりだ。今日のところは引き上げるしかあるまい。だが湯瀬直之進、待っておれ。うぬは殺す。必ずやあの世に送り込んでやる」

いい捨てて兜太がきびすを返す。とうに日は暮れ、あたりは闇に包まれている。降りしきる雪はさらに激しさを増している。兜太の姿が白い闇のなかに隠れてゆく。

直之進は兜太を追おうとしたが、いきなり闇から抜き打ちの刀が横に払われて、立ち止まらざるを得なかった。

「ほう、今のもよけるか」

雪の幕から急に姿を現した兜太が眉根を寄せ、苦い顔つきでいう。

「どんなに策を弄《ろう》しても、なかなかうぬは殺せぬな。あきれるほどしぶとい男だ。しぶといといえば、真興も同様だったぞ。うぬのしぶとさが移ったのか、生まれつきのしぶとさなのか。それとも、沼里の者がもともとしぶといのか」

「どうして殿を狙う」

直之進は再び問うた。

「湯瀬直之進、それも自分で突き止めろ」

「ああ、必ず明らかにしてやる」

「せいぜい励むことだな」

体をひるがえして、兜太が一気に走り出した。滝のように降る雪の向こうに、その姿が消えようとする。

直之進にあきらめる気はなく、刀を肩にのせて、駆けはじめた。今度は不意の抜き打ちはこなかったが、闇が深い上にあまりに雪の降り方が激しく、ほんの数瞬で兜太の姿を見失った。

直之進は足を止めるしかなかった。刀を構えたまま、しばらく兜太の消えた闇を見つめていたが、すっと身を返した。

真興のことがやはり心配でならない。員弁兜太に襲われて、果たして無傷でいられるものか。

それに、奮戦した家臣たちもこのまま放置してはおけない。放っておいたら、凍え死にしてしまう。兜太にやられ、おびただしい血を失った者もいるにちがいない。なんとか動ける者が、うずくまったままの者の介抱《かいほう》をはじめているが、人手が足りない。

直之進はがっちりと閉じられた長屋門の前に行ってまず名乗り、次に襲撃者は去った旨を伝えようとしたが、その前にくぐり戸がさっとひらいた。

驚いたことに、顔を見せたのは真興である。

「殿、ご無事でございましたか」

感極まり、直之進は涙が出そうになった。真興の元気そうな顔を目の当たりにして、ここまで気持ちが高ぶるとは思っていなかった。それだけ、真興が兜太に狙われたという衝撃が強かった証だろう。

「うむ、なんとか生きておる」

どうやら左肩に晒《さら》しを巻いているようだ。動き方がぎこちない。

「お怪我を」

「うむ、たいしたことはない。浅手《あさで》だ。それにしても直之進、最後はそなたが救ってくれたのだな」

「殿をお救いしたのは、それがしではございませぬ。決してあきらめられなかった殿の強さにございます」

「だが、直之進が石を投げてくれなかったら、余は体を二つにされて死んでいたぞ」

そうかもしれない。直之進は控えめな口調で告げた。

「投げた石がまぐれで彼奴《きゃつ》に当たりました」

「まぐれなどではあるまい」

真興が真顔で断じる。

「そなただからこそ、彼《か》の者に石を当てることができたのだ。いや、今はそんなことをいうておる場合ではないな」

真興が怪我人を収容するように、上屋敷の者たちに命じる。すぐさま中間《ちゅうげん》や小者などが戸板を持って屋敷の外に出ると、傷を負った家臣たちを運び込もうとした。

真興によれば、御典医《ごてんい》だけでなく、近くに居住する町医者もすでに呼んであるとのことだ。上屋敷の出入口は長屋門だけではない。他にもいくつか設けてあり、真興はそこから使者を走らせたのだろう。

すべての者が上屋敷内に運び込まれ、医者の手当を受けはじめたのを見て、直之進は安堵した。真興も同じで、ほっとした顔を見せている。

「何人か重い傷の者もいるが、どうやら命に別状はないようだ。死者が出なかったのが不幸中の幸いだ」

真興が厳しい顔をつくる。

「傷を負った者たちには、手厚い褒美《ほうび》を与えなければならぬ」

一人の若者が、殿と呼んで走り寄ってきた。どうやら真興の小姓のようだ。

「おう、範之介《はんのすけ》。無事であったか。よかった」

真興が顔をほころばせる。

「どこにも怪我はないか」

「はい、なんとか」

範之介と呼ばれた小姓が真興をまじまじと見る。

「殿、よくぞご無事で」

範之介が涙をこぼす。

「うむ、余は悪運が強いようだ」

「それがしは殿をお守りできませなんだ」

「そんなことはない。そなたは、よく働いてくれた」

真興が手を伸ばし、範之介の袖に触れる。

「切れておるぞ」

範之介が、あっと声を発する。

「そなたは余を守ろうとしてくれた。礼をいうぞ」

直之進は、範之介ともどもついてくるように真興にいわれた。

連れてこられたのは真興の居間である。範之介が灯りをともす。部屋が控えめな光で、淡く照らされた。

「座るがよい」

真興に命じられ、直之進は正座した。

「範之介、呼ぶまで外してくれるか」

「かしこまりました」

範之介が一礼し、襖《ふすま》を横に滑らせた。廊下に出て、襖を静かに閉じる。範之介の顔がゆっくりと消えていった。

「襲ってきた者は、隻眼であった」

疲れたように脇息《きょうそく》にもたれ、真興がいった。

「直之進、あれは員弁兜太でまちがいないな」

「はっ」

直之進は畳に両手をつき、低頭した。

「余は駕籠者の機転で救われた。近づいてきた影が抜き身を手にしていることに気づき、駕籠者が駕籠を傾けてくれたのだ。員弁の刀はそのために、余にわずかに届かなかった。余はわけもわからず、駕籠のなかで引っ繰り返りそうになっていたが、いま思えば、あれはそういうわけだったのだ」

ふう、と真興が大きく息をつく。

「それにしても直之進、どうして余は襲われたのかな」

「それがしも、そのことを考えておりました」

「答えは出たか」

「はなから殿が狙いだったのではないかと思います」

真興が脇息から身を起こす。

「それは、房興をかどわかしたのは、余を江戸に来させるための餌《えさ》だったと申すのだな」

「はい、そういうことかと存じます」

真興が深い息をつき、かたく腕組みをする。

「いったい誰が余を狙うというのだ」

直之進はむずかしい顔になった。

「それがしには、とんと見当がつきませぬ」

真興が下を向き、じっと考え込む。

「うむ、余にもわからぬ」

途方に暮れたような顔だ。すぐに厳しい色を頰に浮かべた。

「それにしても、余を狙う者がこの世にいるとは信じられぬ」

「おそらく家中の者ではありませぬ」

「うむ。家中の者ならわざわざ江戸に余をおびき寄せる必要はない。となると、江戸の者ということになるか」

真興がぎゅっと唇を嚙む。

「はい。殿を襲った員弁兜太は尾張徳川家とつながりがございます」

「そういえば、そなたが剣術指南役として入った土井《どい》家の当主の宗篤《むねあつ》どのは、尾張家からの養子であったな」

「御意《ぎょい》」

「いうておくが、余が最初にそなたを剣術指南役として推挙した家は、土井家ではない。別の大名家だ。もっと大きい家であった」

「それがどうして土井家に」

「大きな声ではいえぬが、水野《みずの》伊《い》豆《ず》守《のかみ》さまからそうならぬか、と打診があった」

水野伊豆守忠豊《ただとよ》といえば、今の老中首座である。そういえば、真興は水野派とみられていると直之進は耳にしたことがある。

「伊豆守さまは、尾張嫌いで知られている。余にはわからぬが、尾張から養子を迎えた土井家がなにか画策していると考えておられ、土井家を探るきっかけがほしかったようだ。それがそなただ」

土井家に入るようにいってきたのは、登兵衛たちだが、登兵衛の主人である勘定奉行の枝村《えだむら》伊《い》左《ざ》衛《え》門《もん》は、つまり水野派の一人ということか。

これは詳しい事情を登兵衛どのにきかねばならぬな、と直之進は思った。

「殿、一つ腑《ふ》に落ちぬことがございます」

「なにかな」

「それがしが沼里の者であるということを承知の上で、土井家はそれがしを受け容れたということになります」

「どうもそのようだ。探りたければなんでも探ればよいということかもしれぬ。

なにも企んでなどおらぬことを示したいのかもしれぬ」

なるほど、と直之進はいった。

「では、こちらがどういう役目を担って土井家に入ったか、すべて筒抜け《つつぬ》ということでございますね」

「うむ、そういうことだろう」

真興が直之進を見つめてきた。

「一つきいてもよいか」

「もちろんでございます」

「今日、直之進は余をここで出迎えるつもりでいたな」

「御意」

「それが遅れたのはどうしてだ。まさか雪のせいではあるまい。そなたの身になにかあったのではないか」

「殿のおっしゃる通りでございます。本来ならば殿をお出迎えするために、ここ江戸上屋敷には殿のご到着前に着いているはずでございました」

「うむ、そなたがいたら、余はあれほどまで恐ろしい目に遭うことはなかったであろう」

直之進はこうべを垂れた。

「まこと、申し訳なく存じます」

「いや、謝る必要などない」

真興が眉をひそめる。

「もしや邪魔をされたのではないか」

「はっ。殿のご到着にそれがしが間に合わなかったのは、偶然ではありませぬ」

直之進は、なにが起きたか真興に告げた。

真興が顔をしかめた。

「それは単純な手だが、そなたの性分をよく承知しておるな」

直之進は視線を畳に落とした。

「はっ、まんまと引っかかってしまいました。それがしの甘さでございます」

「気に病むな。それよりもその女ややくざ者を捜し出すことができれば、房興の居場所に近づくことができるやもしれぬ」

「おっしゃる通りにございます。女もやくざ者も、員弁兜太に命じられたか、配下の者に依頼されたかして、それがしの邪魔をしたのでしょう。ただし、やくざ者は本物ではございませぬ。六人いましたが、いずれも二の腕を出していたにもかかわらず、一人として彫物《ほりもの》をしていませんでした」

「ほう、そうか」

「やくざ者の芝居をしていたに過ぎませぬ。やくざ者にしては、遣える者がそろっていたのも、そういうことでございましょう。やつら全員、泥まみれになっていたのも、ぬかるみを駆けてきたわけではなく、それがしがあの道を通りかかると知って、はなから装っていたにちがいありませぬ」

「直之進をその場で待ち構えていたということか。ずいぶんと用意周到よな」

真興が疲れたように目を閉じる。

「これから伊豆守さまのお屋敷にお邪魔しようと思うていたが、今日はやめておくことにしよう」

「はっ、今夜はゆっくりとお休みになり、じっくりと疲れをお取りになるほうがよろしいかと、それがしも勘考いたします」

真興が深くうなずく。

「うむ、直之進のいう通りにしよう」

真興が顔を上げ、じっと見る。

「直之進、今宵は泊まっていってくれるか」

直之進は大きくうなずいた。

「仰せの通りにいたします」

まさか今夜、兜太が上屋敷まで入り込んでくるとは思えないが、決して油断はできない。人の虚《きょ》を衝くことが、あの男はなにより得意な感じがする。

今夜は自分が上屋敷にとどまり、真興がぐっすりと眠れるようにしっかりと警護をしなければならない。

それが家臣としての務めであろう。

五

歯嚙みするしかない。

真興を屠る絶好機を逃がした。

どうして逃げられたのか、今でも兜太は納得がいかない。

あのとき真興を完全に間合に入れ、刀を存分に振り下ろしていたのだ。

そこまではよかった。真興はただ呆然とし、蛇《へび》ににらまれた蛙《かえる》も同然だった。

兜太にとって、俎上《そじょう》の豆腐を切るのとさして変わらないはずだったのである。

それがどうしたものか、真興がいきなり目にもとまらぬ動きで、ぬかるみの上を子鼠《こねずみ》のように横にはね跳んでみせたのだ。まったく予期せぬ動きで、兜太の必殺の斬撃はあっさりと空を切ったのである。

あの真興の動きがいったいなんだったのか、いまだによくわからない。真興にあんな動きができるなど、これまでの調べにはなかった。

つまり、事前の調べに遺漏《いろう》があったということか。

だが、あれは並の大名にできる動きではなかろう。あのしぶとい直之進にだってむずかしいのではあるまいか。

あのときに限り、真興はこちらの刀の動きを完全に見切っていた。剣名などまったく聞かない一大名にできる業前《わざまえ》ではないが、実際に真興はやってみせたのだ。不可思議以外のなにものでもない。

やはり真興はそういう腕前を持っていたとしか思えないが、それまでの戦いぶりからして、どうにも考えにくい。あれだけの動きができるのなら、最初からやればよさそうなものを、真興はひたすら逃げ回るだけだったのだから。

合点がいかず、兜太は大きく首をひねった。あのときだけ守り神が降りてきて真興にのり移り、斬撃をかわさせたのか。そのくらいしか、真興が刀をものの見事によけてみせた理由は思いつかない。

それでも、真興を屠る機会はあれだけではなかった。上屋敷の長屋門のそばで、兜太は真興を追い詰めたのだ。あのときも真興をこの世から除くのに、これ以上ない絶好機だった。

兜太が振り上げた刀を真興めがけて一気に振り下ろそうとしたとき、いきなり大気を切る音が耳を打った。はっとしたのもつかの間、右手に骨が砕けたかのような強烈な痛みを感じた。

心の底から怒りがこみ上げてきた。

いったい誰が邪魔をしたのか。さっと振り向いたとき、すでに予感はあった。あの状況で石を投げつけ、ものの見事に利き腕に命中させるという離れ業ができるのは、ただ一人しか思い浮かばなかったからだ。

実際、降りしきる雪の向こうに薄ぼんやりと見えていたのは湯瀬直之進の姿だった。

真興を仕留めるのに思った以上にときを要したのが、直之進の登場を呼んでしまったのだ。しくじりだった。

だが、もしあのとき直之進に飛び道具となる石がそばになかったら、また話はちがっていただろう。

石などそのあたりにいくらでも転がっているが、あのとき道はぬかるんでおり、石を見つけるのに難儀したはずだ。

直之進が飛ばしてきた石は、このわしが石地蔵の上に置いたものではあるまいか。地蔵の頭に石を置くような真似をしたから罰《ばち》が当たったのか。

守り神といい、地蔵の罰のことといい、やはりこの世にはそういうものがあるのか。

神仏などこれまでまったく信用せず、信頼を置くのはおのれの腕だけだったが、そういうのはあらためたほうがよいのか。神仏を信心すれば、今度はよい結果が得られるのか。

とにかく、今日はしくじった。次の機会には必ず真興を殺す。直之進も殺す。

それしか今日の失敗を挽回するすべはない。

不意に酒が飲みたい、と思ったが、この家に用意されているものなのか、兜太はわからない。

ふと、家の北側に人の気配が湧いたのに気づいた。誰か、この家に近づいてきている。気配は剣呑《けんのん》なものではなく、やわらかな感じだが、どこか高ぶっているようだ。

　来たのは女だろう。台所から、戸のあいた音が聞こえた。

「ただいま帰りました」

　耳に届いたのは、お栄の声である。廊下をひたひたと歩き、兜太のいる居間の外までやってきた。

「員弁さま、いらっしゃいますか」

「おう、いるぞ」

　兜太は起き上がった。部屋には火鉢がたかれ、あたたかい。

　腰高障子《こしだかしょうじ》があき、お栄が静かに敷居《しきい》を越えてきた。気持ちの高ぶりをあらわしているのか、顔が上気し、ほてっている。

　それが兜太には、妙に色っぽく見えた。もともと目に色気がある女だが、今夜はずいぶんとそそるものを発していた。

「雪はまだ降っているのか」

　喉のあたりまで欲望が這い上がってきたのを感じたが、兜太はさりげなくきいた。

　お栄がかぶりを振る。火鉢の前に座り、炭の様子を見ている。

「いえ、もうやみました」

「そうか。外は雪景色か」

「はい、それはもうきれいなものです。すべてのものが白く輝いています」

それを聞いて、内心で兜太は顔をしかめた。闇隠《やみがく》れの剣が雪のせいで失敗したのだ。

お栄がなにも気づかない顔で、兜太の横にもの柔らかに正座する。

「酒はあるのか」

少し乱暴な口調できいた。

「はい、ございます。つけますか」

「うむ」

「今ご用意いたします」

「頼む」

「承知いたしました」

お栄が立ち上がり、台所のほうに去った。

いま何刻なのか、と畳の上に寝転んで兜太は思った。真興を襲ってから、三刻ほどたったか。犬の遠吠えが聞こえてきた。それに何匹かの犬が呼応する。

数匹の犬たちは会話でもしているのか、鳴きかわし続けていたが、なにかの拍子に不意に鳴くのをやめた。静寂が江戸の町に舞い戻ってきた。雪が物音を吸い込んでいるのか、ずいぶんと静かだ。

やがてお栄が部屋に戻ってきた。二本の徳利《とつくり》と杯《さかずき》が一つのった盆を捧げ持っている。起き上がった兜太の横に座り、杯を手渡してきた。

「どうぞ」

手にした徳利を傾ける。それだけで、酒の甘い香りが部屋に満ちた。

「うむ」

兜太は杯で受けた。酒を一気に飲み干す。喉を通り過ぎ、胃の腑に落ちていった。じんわりとあたたかみが這い上ってくる。

「うまいな」

「下《くだ》り物《もの》です。灘《なだ》の酒ですけど、名は忘れました」

「忘れたということはあるまい。おぬしの男が好きな酒か」

「男などおりませぬ」

「そうかな。この家には男臭さがぷんぷんしているようだが」

「さようですか」

お栄がくすりとほほえむ。

「どうした、なにがおかしい」

「いえ、もし私が毒を仕込んでいたら、員弁さまは今頃亡くなっていたのかな、と思っただけです」

「おぬしは毒など仕込んでおらぬ。それはよくわかっておる」

「どうしてでございますか」

お栄が首をひねってきく。

「酒の香りだ。毒のにおいがしなかったとかそういうことではないぞ。無味無臭の毒もあるとわしも聞いているからな」

お栄が無言で先をうながす。

「おぬしは、この酒の最もうまい燗のつけ方を知っているのだな。それは男に鍛えられたからではないか。おそらく燗のつけ方には細心の注意を払わなければならぬのだろう。もし毒を仕込んであったら、わざわざそこまでやる必要はなかろう。適当に燗をつけて、わしを殺せばよい」

お栄がにっこりとする。

「員弁さまは、おつむのめぐりがよろしいのですね。員弁さまにおいしいお酒を召し上がっていただこうと、あたし、心を配ってお燗をつけました」

　そうか、と兜太はいった。

「おぬしたちは、最高の働きをしてくれた。だが、わしはしくじった」

「もっとお飲みになってください」

　お栄が酒を勧める。うむ、と兜太は受けた。

「次があります」

「うむ、その通りだ。次はしくじらぬ」

　兜太は杯を盆の上に置き、お栄を見つめた。

「例の物は手に入ったか」

「はい、入りました。ご覧になりますか」

　兜太は首を横に振った。

「いや、今宵はよい」

　お栄が徳利を手にする。兜太はそれを制し、お栄の手を取った。お栄がしなだれかかってくる。

「ずいぶんと体が冷たいな。冷え切っているではないか」

　お栄が艶《つや》めいた目で見つめてくる。

「員弁さまの手で——」

兜太はうなずき、お栄を畳の上に横たわらせ、着物をはだけた。

外の雪よりも白い胸があらわになった。

第二章

一

顔をしかめた。

「どうされました」

智代《ともよ》の声が頭に入り込んできた。樺山富士太郎《かばやまふじたろう》は目を上げ、智代を見た。箸《はし》が止まっていることに気づく。

「うん、気にかかっていることがあってね」

智代が瞳に愁《うれ》いをたたえ、わかっていますというようにうなずく。

「房興さまのことですね」

智代の口から白い息が漏れる。雪は夜半にあがったようだが、今朝はひどく冷えた。富士太郎たちは台所横の部屋で朝餉《あさげ》をとっているが、広々としていることもあって、そばに置いてある火鉢は寒さに押され、あまり力を発揮しているとはいいがたい。

「うん。今どうされているのかと思ってね」

富士太郎は唇を嚙んでいった。まさか房興が殺されてしまったというようなことはあるまい。当たり前だよ、そんなことがあるはずがないよ、と富士太郎は強く思った。生きてどこかに監禁されているに決まっているのだ。

房興のことを考えると、富士太郎は決まって眉間《みけん》に深いしわをつくっている。案じられてならないのだ。直之進も、房興のことが頭から離れることは決してないだろう。

「房興さまをかどわかしたのは、員弁兜太という男でしたね」

智代が確かめるようにきく。桃色の口からまたも白いものが立ちのぼった。

「うん、そうだよ」

富士太郎は決意を顔にみなぎらせた。

「必ずとっ捕まえて、房興さまの居場所を見つけるんだ」

智代が形のよい顎を引いて微笑する。その笑顔はどこかはかなげで、富士太郎は手のひらでそっと包み込みたくなった。ただ、そばに母親の田津《たづ》がいて膳を並べている。富士太郎はその気持ちを押し殺し、箸を動かしはじめた。房興のことが頭にあるせいで、智代が心を込めて炊《た》き、つくってくれたご飯とおかずなのに、ほとんど味が感じられない。

ふと、田津が見つめているのに富士太郎は気づいた。箸を置き、居住《いず》まいを正す。

「母上、いかがされました」

田津が首を横に振り、ううん、といった。

「なんでもないの」

「さようですか」

物問いたげな田津の様子は気になったが、富士太郎は食事に専念した。最後に、智代がいれた茶を飲み干し、立ち上がる。

「では、出仕の支度をしてまいります」

すでに箸を置いている田津に断って自室に戻り、富士太郎は手早く着替えをした。帯を締めながら、智ちゃんと一緒になれば、着替えも一人でしなくてすむのだな、と思った。一刻も早くその日がきてほしいが、それは房興を無事に兜太たちの手から奪い返してからのことだ。袱紗《ふくさ》に包んだ十手《じって》を懐《ふところ》にしまい込み、黒羽織を羽織る。腰に長脇差を帯び、富士太郎は廊下に出た。

田津の部屋の前で足を止める。

「母上、行ってまいります」

膝をついて腰高障子《こしだかしょうじ》をあけ、敷居際に両手をそろえて田津に出仕の挨拶《あいさつ》をする。田津が厳しい顔で富士太郎をじっと見る。この部屋に置かれた火鉢の働きはよいようで、なかはほどよくあたたかい。これなら母上も寒くないだろうね、と富士太郎は思った。もともと田津は寒さに強く、真冬でも薄着でいられるほどだったのだが、最近は歳を取ったこともあるのか、厚着をすることが多くなった。

「富士太郎、必ず房興さまを救い出してくださいね。番所内でそれができるのは、おまえだけなのですから」

「はい、がんばります」

「がんばるだけでは駄目です。必ず結果を出しなさい」

「承知いたしました」

富士太郎は、行ってまいります、と腰を上げようとした。富士太郎、と呼びかけられた。

「外は雪が積もっています。番所まで気をつけて行きなさい」

わかりました、と答えて富士太郎は田津の前を辞し、玄関に向かった。

智代が式台《しきだい》で待っていた。

「これを」

きれいに洗濯された手ぬぐいを手渡してきた。ありがとう、と富士太郎は受け取った。

「寒いときはこれを首に巻いてください。格好はよくないでしょうけど、あたたかさがまるでちがいます。風邪《かぜ》は首筋から引くともいいます。首を温めるのはとても大事なんです」

「へえ、そうなのかい。智ちゃんは物知りだねえ」

富士太郎は智代と一緒に門まで向かった。智代が雪かきをしてくれたおかげで、門まで雪はまったくない。

「智ちゃん、きつかっただろう。力仕事だから、おいらがやればよかったんだけど」

いいえ、と智代がにこやかにいう。

「富士太郎さんは、お仕事で疲れていらっしゃいます。雪かきくらいで、お手をわずらわせるわけにはいきません。富士太郎さんには少しでも休息を取っていただき、お仕事に専心されてほしいのです」

今朝も智代が起こしに来るまで、富士太郎はぐっすりと眠っていた。房興のことで確かに疲れ切っているのだが、智代のいうことがあまりにけなげで、富士太郎はぎゅっと力一杯抱き締めたくなった。

だが、すでに朝日が昇ってから半刻近くたっていることもあり、町奉行所に出仕する者の姿が目立って多くなってきている。もし万が一見られたら、改易《かいえき》だって考えられないわけではないのだ。男女のふるまいに厳格な者は決して少なくない。

門を出ようとしたところで立ち止まり、富士太郎は智代を見つめた。智代の背後から陽が射している。富士太郎には、それが智代の後光《ごこう》に見えた。

「じゃあ、智ちゃん、行ってくるよ」

目を伏せ気味にいうと、智代がていねいに腰をかがめた。

「富士太郎さん、気をつけてくださいね」

「うん、わかっているよ。足を滑らせないように行くよ」

「雪もそうなんですけど……」

智代が口ごもる。富士太郎は、智代がなにをいいたいのかすぐさま解した。

「員弁は強敵だからね、もちろん気を引き締めてかかるつもりでいるよ。智ちゃんのためにもがんばる気だよ」

　智代が少し寂しげに微笑した。

「いえ、これは私だけの気持ちじゃないのです。田津さまも同じでございます」

「母上には、必ず房興さまを救い出すようにいわれたよ。結果を出しなさいと」

「口ではそうおっしゃっていますが、田津さまのご本心はちがうと思います。もちろん、房興さまを救い出してほしいというのもご本心でしょうけど、少なくとも、富士太郎さんが怪我をしないようにと願っておられるのだと思います」

　富士太郎は、朝餉の最中、田津がなにかいいかけたのを思い出した。

「あのとき母上は、おいらが無理をしないようにとおっしゃりたかったんだね」

「はい、そういうことだと思います。私も田津さまと同じ気持ちですから。でも、無理をしない富士太郎さんは富士太郎さんではありません。ですから、田津さまはあえて厳しいお言葉を口にされたのだと思います」

「母上の気持ちはありがたいけど、おいらはやっぱり無理をせざるを得ないなあ。もちろん怪我をするのは怖いし、死ぬのは尻込みしたくなるほど恐ろしいけど、おいらたちが禄《ろく》をいただいているのは、そういうお役目だからなんだよ」

富士太郎は言葉を切った。智代が真剣な目で見ている。

「実際のところ、番所内にはなんでも安全に、楽にやっていこうとする人がいないわけじゃないけれど、おいらに真似できることじゃないね。真似をする気もないけどさ。おいらたちは江戸市中の者の暮らしを守るのが使命だよ。そんな使命を負った者が、安全や楽を覚えちゃいけないんだよ。――ちょっとかっこよすぎたかな」

富士太郎は照れ笑いし、鬢《びん》をかいた。いいえ、と智代がかぶりを振る。

「目がきらきらして、富士太郎さん、とてもまぶしく見えました」

「そうかい。おいらはいつも智ちゃんがまぶしくてたまらないんだけどね」

富士太郎は、前の道を見やった。雪かきがなされ通行に支障はないが、脇に寄せられた雪が二尺ほどの山になっている。見たことはないが、雪国の景色というのはこんな感じじゃないかな、と富士太郎は思った。

雪合戦《ゆきがっせん》にでも興じているのか、どこからか子供の歓声がこだましてくる。江戸の町を重く覆っていた雲は夜のあいだにどこかに去り、頭上はこれぞ冬空といわんばかりに真っ青に晴れ上がっている。視野に入るすべての屋敷の屋根もすっぽりと雪をかぶっている。朝日を浴びて、どの屋根も目を向けていられないほどの輝き方をしている。

「楽なんか覚えたら、おいら、珠吉《たまきち》に半殺しの目に遭わされちまうからね、とにかく必死なんだよ」

冗談めかしていって足を前に踏み出そうとした富士太郎は、おや、と立ち止まり、道の先に目を凝らした。

「あれは珠吉さんですね」

手庇《てびさし》をつくって智代がいう。

「なんだか、ずいぶんあわててるね。なにかあったのかな。足を滑らせなきゃいいけど」

距離はもう十間もないから、珠吉の血相が変わっているのは、はっきりとわかる。いつもは温和な目がつり上がり、真っ赤な顔をしていた。

もしや房興さまのお身になにかあったんじゃないだろうね。いや、そんなこと、あるもんかい。あってたまるかい。

それでも富士太郎は我知らず、近づく珠吉をにらみつけ、身構えていた。

雪道に慣れているわけでもあるまいが、珠吉は富士太郎の前で鮮やかに止まってみせた。ひやひやしていた富士太郎はほっとした。

「旦那、ちょうどよかった」

息をあえがせて、珠吉がいう。白い息が次から次へ、しわに包まれた口から立ち上ってゆく。智代に気づいて、珠吉が腰を折る。智代がていねいに挨拶を返した。

「珠吉、そんなに泡を食って、なにがあったんだい」

富士太郎は真剣な顔でたずねた。

「ええ、それが……」

唾を飲み込んで、珠吉が深くうなずく。よほど急いできたのか、この寒いのに汗をたっぷりとかいている。風邪を引かなきゃいいけど、と案じた富士太郎は智代に渡されたばかりの手ぬぐいを手渡した。

「ありがとうございます」

笑顔になった珠吉が気持ちよさそうに顔や首の汗をふく。

「助かりやすよ、旦那。体が冷えそうになっちまっていたんで」

「いま新しいのを取ってきます」

智代が屋敷内に引っ込む。それを見送って、富士太郎は珠吉を見つめた。珠吉が大きく顎を上下させ、厳《おごそ》かな口調で告げる。

「旦那、殺しです」

「あのさ珠吉、まさかと思うけど……」

富士太郎はおそるおそるきいた。

「いえ、殺されたのは、おそらく房興さまではありません。だからといって、安心してくださいとは口が裂けてもいえませんけど、とにかく死者は別人でしょう。死骸は首なしらしいんです」

「首なしだって」

さすがに富士太郎は驚かざるを得ない。

「ええ、首を切り取られているようです。ただし、死者の体はとても鍛えられているそうですし、胸に大きな古い傷跡があるそうです。房興さまは真興さまの弟御で、さして鍛えられた体はしていないでしょうし、胸に大きな古傷などありませんでしょう」

「うん、その通りだね」

殺された者には悪いが、安堵の思いが波となり、ゆっくりと心の池に広がってゆく。

「それと、死骸があるところで、ちょっと不思議なことが起きているそうなんですよ」

「不思議なことって、なんだい」

「それは、歩きながら話しますよ」

そのとき、智代が小走りに戻ってきた。首なしの死骸の話を、若い女性に聞かせずにすんだのは幸いだった。

これを、といって智代が富士太郎に手ぬぐいを手渡してきた。富士太郎は大事に受け取った。

「智ちゃん、ありがとね。じゃあ、行ってくるよ」

行ってらっしゃいませ、という声に送られて、富士太郎は珠吉とともに歩き出した。陽射しにさらされた道脇の雪は早くも溶けはじめているが、日陰にある雪の小山はかちんかちんに固まっている。

牛込白銀町《うしごめしろがね》の現場に着いた富士太郎は、う―ん、とうなり声を漏らした。

「こいつは確かに不思議だね」

富士太郎は堅く腕組みをし、一間ほどの距離を取って死骸を見下ろした。

死者は、まだ雪かきがまったくされていない道に仰向けになっている。朝日に照らされて、はだけた着物のあいだから胸の大きな古傷が見えている。

事前に珠吉に知らされていた通り、死者に首はない。どろりとした血が傷跡から流れ出て、雪の色をどす黒いものに変えている。

どうして犯人はわざわざ重い首を切り取って持ち去ったのか、富士太郎としては首をひねらざるを得ないが、それでも、死者の身元を明らかにしたくないとか、ひどく深いうらみがあるなどの理由が考えられないではない。頭を潰したり、顔を殴打したりして殺した場合、身元を特定されたくないという理由がほとんどなのではあるまいか。

富士太郎だけでなく、こちらを見守っている町役人《ちょうやくにん》たちや野次馬《やじうま》、死骸を見つけた者など、このあたりにいる全員がずっと不思議に感じているのは、死骸のそばに足跡が一つしかないことである。

足跡は深い雪のなか、道を南から北へ点々と続いてきて、死者が倒れたところで終わっている。どう見ても、首のない死者がつけたものとしか思えない。足跡は大通りからこの道に入ってきていた。大通りは人通りが多いだけに、すでにほとんどがぬかるみと化しており、どの足跡が死骸のものか、判別のつけようはない。

この道には、ほかに死骸を見つけた納豆《なっとう》売りの男が引き返した足跡があるだけだ。ちょうどいま富士太郎たちがいる場所で納豆売りは死骸を見つけ、度肝《どぎも》を抜かれて尻餅《しりもち》をつき、そのあと道を引き返して、近くの自身番にあわてて駆け込んだのである。

検死医師はまだ来ていない。その検死が終わるまで、富士太郎たちは死骸を動かすことはおろか、触れることもできない。今のところ、仏の命を奪った凶器がなんなのかもわからない。

「犯人の足跡はどこなんですかね」

珠吉が注意深くあたりを見回す。

「仏の足跡を逆にたどって戻っていったんですかね」

富士太郎は眉根を寄せた。

「でも珠吉、そんなことをしたからって、どうなるっていうんだろうねえ。こんな不思議な殺し方をしたところで、殺しだっていうのははっきりしているんだから、おいらたちは犯人をとっ捕まえるよ」

「さいですねえ。自死に見せかけない限り、御番所は必ず探索をはじめますからね。犯人は、ただおもしろがってこんなことをしたんですかね。まさか御番所との知恵比べじゃないでしょうしね」

「おもしろいとか、知恵比べとかの理由で、わざわざ首を持ち去るとは思えないけどねえ」

　富士太郎は足跡をじっと見た。

「それに珠吉、どうやら足跡をたどっていったわけではなさそうだよ。仏の履いている雪駄《せった》は、九寸くらいはあるかな、かなり大きいものだね」

　珠吉が死骸の足に視線を投げる。

「ええ、さいですね」

「雪には、仏が履いている雪駄の大きさの足跡がそのまま残っているもの。誰かが逆にたどっていったのなら、深さがちがうものになっていなきゃおかしいけど、そういう不自然さはまったく見当たらないよ」

　珠吉も足跡を見つめている。

「ええ、旦那のいう通りですね。この仏が歩いた通りに残っていますね」

「うん、そうだろう。うしろ向きに下がっていったら、深さだけじゃなく、形も崩れてなきゃおかしいよ」

「だとしたら」

珠吉が頭上を仰ぎ見る。

「犯人は、鳥のように空を飛んできたんですかね」

富士太郎もあたりを眺めた。道の幅は二間半ほどで、両側は商家の裏手に当たる塀が続いている。両方の塀とも高さは合わせたように七尺ほどで、裏口がそれぞれ設けられている。裏口は、右側の商家のものが四間ほど奥に行ったところにあり、左側の商家はそこからさらに一間ばかり進んだ場所に設けられている。

塀の向こう側には、両側とも商家の家人たちの暮らす広壮《こうそう》な母屋が建っている。屋根には厚く雪が積もっているが、陽射しに打たれてだいぶ溶け出している。庇からいくつもの筋となって水がしたたっているのが望める。

ほかに見えるものといえば、道をはさんで左右に立つ杉の大木、道の右側にある用水桶と小さな祠《ほこら》くらいである。祠も雪に覆われていた。

「空を飛ぶのは無理だろうねえ」

さいですねえ、と珠吉がつぶやく。近くを見回し、両側の塀に目をとめた。

「じゃあ、こういうのはどうですかい」

富士太郎は耳を傾けた。

「この両側の塀から、梯子《はしご》を橋のように道に渡しておくんですよ。その上にうつぶせになって、仏がやってくるのを待つ。仏が通りかかったら飛び降り、刃物で突き刺す。雪の上に倒れた仏の上に乗り、首を切り取ってまた梯子にのぼり、どちら側でもいいんですけど、商家の塀の向こう側に降りる。それから梯子を外し、姿を消す。こんな感じなら、できると思いますよ」

富士太郎は首をかしげた。

「検死医師の調べを待たなきゃいけないけれど、珠吉、仏を殺した凶器が刃物だって思っているのかい」

「ええ、刃物で殺《や》ったんじゃないかと思いますよ」

「ふむ、刃物で背中を刺したか。胸には古傷しか見えないから、背中ってことだね」

「ええ、さいですよ」

「犯人は梯子にうつぶせていて、仏が通り過ぎたところを背後から飛びかかり、刃物で刺したということになるのかい」

「ええ、ええ、さいですよ」

「それだと、仏がうつぶせに倒れなきゃおかしいよ」

「だったら、正面から飛びかかり、仏の両肩に足を乗せて背中に刃物を突き刺した。それで刃物を引き抜き、死骸の肩を蹴倒します。あとは先ほどと同じですよ。犯人は雪に足跡を残すことなく消えることができますぜ」

富士太郎は両側の塀を見、それから珠吉に目を戻した。

「仏の背丈は、首がないからはっきりしないけど、だいたい五尺五寸といったところかね。かなり高いほうだね」

「ええ、さいですね」

「塀の高さは七尺ばかりだから、梯子を渡していたら、いくら夜のことといっても、仏にはうっすらと見えるんじゃないかな。夜半に雪は上がったから、傘も差していなかっただろうし」

傘はどこにも見当たらない。

「考え事をしていたか、雪で足を滑らせないようにしていたかもしれません。とにかく下を向いていたんですよ。それだったら、梯子の上にいる者には気づきませんよ」

「そうだね。戸口の上のほうに頭をぶつけることはよくあることだしね」

「さいですよ。気づきませんよ」

「確かに珠吉のいう通りなんだけど――」

富士太郎は両側の塀を指さした。

「両側の塀には、どちらも梯子を渡した形跡がないよ。雪は塀の上に残ったままだからね」

珠吉が交互に塀を見る。悔しそうに顔をゆがめた。

「本当だ。梯子を渡したりしたら、そこだけ雪が落ちたり、潰されたりしてなきゃおかしいですね」

「そうだよ。それに梯子は後片付けがたいへんだよ。はずした梯子を持って、犯人は夜道を駆けたことになるからね」

「梯子をその辺におっぽり出してあるってことも、十分に考えられますよ」

珠吉が右側の塀に手をかけてよじ登り、なかをのぞきこんだ。

「こっちにはねえな」

左側の商家も見てみたが、やはり梯子はなかったようで、珠吉は少し悔しそうだ。富士太郎も塀に手をかけて、一応、両方の商家の裏庭をのぞき見たが、きれいな雪がそこにはあるだけで、犯人のものらしい足跡は残っていなかった。犯人は、塀を越えてはいないのである。

「二本の綱を渡し、その上にうつぶせていたっていうのも考えられますよ。それなら、梯子ほど荷物になりませんから、犯人にしたら運ぶのは楽じゃありませんかい。綱だったら、塀の上に雪が残っているのもおかしくはありませんぜ」

「でも珠吉、綱をどこにかけるんだい。杉の木はあるけど、どこにも綱をかけるのによさそうな枝なんかないよ。それに、片方の結び口をほどくのはたやすいけど、もう片方はどうやってほどくんだい。雪の上を歩かなきゃ、ほどけないんじゃないかなあ」

さいですねえ、といって苦々しげに珠吉が唇を噛む。

「うーむ、あとはどんな手が考えられるかな」

珠吉が沈思《ちんし》する。しばらくしてから、そうだ、と拳で手のひらを打った。

「旦那、雪のなかに埋まって仏を待つっていうのはどうですかい」

「うーん、どうかな。無理だろうね」

富士太郎は、できるだけ優しい口調でいった。珠吉がいろいろ考えてくれるのは、やはりありがたいし、尊重しなければならない。にべもなく否定することはたやすいが、それでは珠吉が次からなにも考えてくれなくなるかもしれない。

「もしそんなことをしたら、雪のなかで仏が来るのを待っているあいだに凍え死んじまうよ。死なないまでも、体が冷たくなって、指や手の動きがままならないよ。一人前の男を殺すことなんか、できるもんじゃないだろうね。仮に殺すのに成功したとしても、どうやって雪に足跡をつけずに逃げ出せたのかという疑問は残るね」

「ああ、さいですねえ」

珠吉がむずかしい顔をする。

「旦那はどう思っているんですかい」

富士太郎はかぶりを振った。

「今はなにもわからないよ。いろいろと調べてからじゃなきゃね」

「さいですよねえ」

珠吉が同意を示す。手を上げた。

「あっ、福斎《ふくさい》先生がお見えになりましたよ」

検死医師である。いつものように助手の若者が薬箱を手にしている。

「すみません、遅くなりました」

福斎が、福々しい顔にすまなげな色を浮かべて謝する。

「知らせを受けて出ようとしたのですが、急患が担ぎ込まれてきまして」

「急患のほうは大丈夫ですか」

「なに、朝から食べ過ぎで腹をこわしただけですから。薬を処方しておきましたが、きっと、のまずとも治るでしょう」

「それはよかった」

富士太郎は顔をほころばせた。すぐに死骸のもとに福斎を案内する。

「あれ、足跡が一つですね」

死骸に近づいた福斎が気づき、富士太郎にただす。

「犯人のものは」

「それがないんですよ」

「それはまた不思議ですねえ」

助手の若者もしきりに首をひねっていたが、どこか楽しそうに見える。富士太郎と目が合い、照れたように目を伏せた。おそらく、この助手は、その手の謎いたことに興味を覚えるたちなのだろう。若者にはよくあることである。この助手がこの事件に関わっているというようなことは、まずあるまい。確か名を祐太《ゆうた》郎《ろう》といい、福斎のもとですでに十年以上、助手をつとめている。

両手を合わせ、瞑目《めいもく》してから福斎が検死をはじめた。祐太郎も同じことをする。祐太郎に手伝わせて、福斎は体をひっくり返して死者の背中をじっくりと見たり、切り取られた首のところや胸の古傷をあらためたり、足や腕の硬さを確かめていたりしたが、やがて静かに立ち上がった。

富士太郎は、すでに死骸の背中にそれらしい傷がないことを見て取っていた。それは珠吉も同じはずだ。

福斎が、祐太郎とともに富士太郎のそばにやってきた。祐太郎は死者の体をあらためたあとということもあるのか、神妙な顔をしていた。

「いかがでしたか」

富士太郎は福斎にたずねた。福斎がわずかに顔をしかめる。

「それが、体には傷がないんですよ。ですので、仏が命を奪われたのは、首から上をやられたからでしょうね」

「首はなにを使って切り取ったのですか」

「脇差のようなもので、仰向けに倒れた仏の首を押し切りにしたのではないでしょうか」

両手を使い、体の重みを利用して首を切り取ったというのである。

「胸の傷はなんでつけられたものでしょう」

「こちらも刃物ですね。脇差とか匕首《あいくち》とかでしょう。古いですよ。長さは五寸ほどですか。おそらく、傷つけられてから十年は優にたっているでしょうね」

「仏の年の頃は」

「首がないから何ともいえませんが、年寄りということはありません。三十過ぎではないでしょうか。足や腕には筋肉がしっかりついていて、若々しいですからね。いっても、せいぜい三十半《なか》ばといったところではないでしょうか」

さようですか、と富士太郎はいった。

「殺されたのは何刻でしょう」

「樺山さまもご存じの通り、正確な刻限はいえませんが、さようですね、昨夜の五つから八つ半のあいだではないでしょうか。むくろのかたまり方からして、そのくらいではないかと思います。ただ、昨夜は五つ半頃に雪は上がりましたから、五つ半以降に殺されたと考えるのが自然でしょうね」

「雪がやんだのは五つ半頃ですか。先生、よくご存じですね。たいしたものだ」

「いえ、そんなほめられるようなことではありませんよ。診療所の座敷で、この祐太郎を相手に雪見酒をしていましてね。仕事を終えてちょうど一刻ばかりしたら、五つを告げる時の鐘が聞こえてきまして、それから半刻ほどたった頃、雪がぴたりとやんだんですよ。そうしたら空が晴れて月がよく見えましてね、雪見酒と月見酒を同時に堪能できましたよ」

「なるほど、そういうことでしたか」

　富士太郎は相槌を打った。

「それは、さぞおいしいお酒だったでしょうね。先生、ほかになにかお気づきになったことはありますか」

「樺山さまもおわかりかもしれないが、仏は実によく鍛えてありますね」

　それは、珠吉に事前にいわれていたことだが、実際その通りで、筋骨が隆々とし、胸や肩が盛り上がっている。

「人足や駕籠かきなどの力仕事にたずさわっているということでしょうか」

「さて、どうでしょうか。もっとちがうことで体を鍛えているような気がしますよ」

「ちがうこととおっしゃいますと」

「たとえばですが、武術などです」

　いわれて、富士太郎は死骸に目を向けた。そうかもしれない。体つきはたくましいが、無駄のない感じで、総身はすっきりしている。身軽な感じが漂っていて、いかにも敏捷《びんしょう》そうだ。

まさか忍びなんかじゃないだろうね、と富士太郎は思った。そういえば、忍びの最期は火薬を使って顔を潰したりするというではないか。今回は火薬を使わず、首を切り取ったのか。この事件は、忍びの仲間割れと考えてよいのか。

いや、先走りはよくない。しっかりと探索し、事実を積み重ねて結論を出さなければならない。富士太郎は肝に銘じた。これは珠吉にもよくいわれていることだ。

福斎には、よくよく礼をいって引き取ってもらい、富士太郎は町役人たちを手招いた。

「寒いところ、待たせてすまなかったね」

富士太郎は五人の町役人をねぎらった。五人はずっと立ちっぱなしで、富士太郎に呼ばれるのを待っていたのだ。

「いえ、とんでもない」

最も年かさの町役人が腰をかがめる。

「樺山さまたちが寒いなか、がんばっておられるのに、手前どもがぬくぬくと火鉢に当たっているわけにはまいりません」

「そういってもらえると、おいらもうれしいよ」

富士太郎は微笑した。珠吉も表情を和《なご》ませている。

富士太郎は、さっそく五人に話をききはじめた。

「仏の身元はわかるかい」

「わかりません」

年かさの町役人がいい、他の四人がいっせいに首を横に振った。

「胸に大きな傷があるけど、あんな傷を持った者に心当たりはないかい」

「ありませんねえ」

また年かさの町役人がいった。他の四人も同意を示す。

そうかい、といって富士太郎は考えはじめた。この仏は傘を差していなかった。雪がやんでから外に出て道を歩き出し、どこかに行こうとしていた。家に戻ろうとしていたのかもしれない。家にしろ、外出先にしろ、おそらくそんなに遠くないところにあるのではないか。

「この先に甲賀《こうが》衆や伊賀《いが》衆の組屋敷があったかな」

「いえ、ありませんねえ」

「そうだよね」

体を徹底して鍛えているのは忍者だけではあるまいよ、と富士太郎は思った。

盗賊などもそうではないだろうか。戦国の世ならともかく、この太平の世で首を切られるなどという死に方をした者が、いかがわしい者でないわけがない。もちろん、まともな職に就き、毎日を一所懸命に暮らしている者でそういう不運に見舞われることも、江戸の人の数を考えれば、ないことはないだろう。

だが、と富士太郎は思う。今回の件は、どうにも怪しげなにおいがぷんぷんする。まともな暮らしを営んでいる者が犯罪に巻き込まれたわけではないのではないか。もともと悪事に手を染めている者が殺されたのではないだろうか。でなければ、やはり首を切られるなどという異常なことが行われるわけがないような気がする。むろん、殺した側も異常そのものといってよい者だろう。

横に控えている珠吉も、顔つきからして、富士太郎と同じように考えているのは明白である。

富士太郎は町役人に向き直った。

「すまないけど、仏は自身番に置かせておいてもらえるかい。身元がはっきりしたら、引き取りに来させるから」

「承知いたしました」

「もし万が一、身元がわからないときは、仕方ないから、こちらで無縁仏として葬ってくれるかい」

「ええ、わかっています。それも町役人のつとめでございますから」

「よろしく頼むね。こちらも全力を尽くすからね」

町役人たちが笑顔になる。

「樺山さまがお若いのによくがんばっていらっしゃるのは、承知しております。きっと身元を明らかにしてくださるものと期待しております」

「うん、とにかくがんばるよ。がんばるだけじゃなくて、結果を出すようにするからね」

まずは仏の身元調べである。雪のなかに首なしで倒れていた死者がどこへ行こうとしていたのか。それがわかれば、自然に身元が明らかになるのではないか。

そう確信した富士太郎は珠吉をうながして、雪が溶けつつある道を北に向かって歩きはじめた。

二

額を畳にすりつけた。

「湯瀬、ようまいった」

土井家の当主である宗篤が鷹揚《おうよう》にいう。

「そなたの顔を見られて、余はうれしいぞ。なにしろ、そなたは強い。余は強い者が大好きだ」

土井大炊頭《おおいのかみ》宗篤は、下総古河《しもうさこが》八万石の当主である。尾張徳川家から養子に入って、まだ間もない。歳は二十歳ちょうど。剣術が大好きで、自身もそこそこできる。

「ありがたき幸せ」

直之進は再び平伏した。

「湯瀬、余の前でそんなに堅苦しくせぬがよい。面《おもて》を上げよ」

直之進は控えめに顔を動かした。視野の上の端に、のっぺりとして顎がひじょうに細い顔が映り込んだ。つり上がった目をしているが、瞳はいかにも聡明そうな輝きを帯びている。大名としてかなりの器なのではないか、と直之進は初めて会ったそのとき、ひそかに思ったものだ。

脇息《きょうそく》にもたれた宗篤の座っている間から一段下がった右側に、寵臣《ちょうしん》の石添兵太夫《いしぞえへいだゆう》が正座している。油断のない目で直之進を見据えていた。宗篤のそばに幼い頃から侍り、土井家においても側近中の側近として仕えているとのことである。

切れ者という評判があるらしいが、直之進はあまりこの男が好きになれない。どこか狡猾《こうかつ》な感じがしてならないのだ。

「して湯瀬、用とはなんだ」

宗篤が穏やかな声を発する。

「お願いしたい儀がございます」

「願い事とな。申せ」

はっ、と直之進は顎を引いた。

「しばらくのあいだ、剣術指南役のお役目を休ませていただきたいのです」

宗篤が眉根を寄せる。

「どうしてだ」

宗篤に、真興が襲撃されたことをいうべきなのか、と直之進は道々考えた。兜太の陰には尾張家がいるのではないかと思える。こたびの件に、果たして宗篤が関係しているのかどうか。宗篤の表情を見ている限り、関与など一切していそうにないが、土井家においてなにか怪しい動きがあるからこそ、登兵衛や和四郎は、剣術指南役として直之進を土井家に押し込むことにしたのだろう。

宗篤のそばに常に控えている石添兵太夫はどうなのか。直之進自身、虫が好かないだけかもしれないが、なにか企んでいそうな雰囲気をぷんぷんと漂わせているような気がする。

少なくとも宗篤公には申し上げるべきだろうと直之進は思った。真興の襲撃は神田小川町の路上で起きたこともあり、町人たちも目にしている。ここでごまかしたところで、いずれ宗篤の耳に入るだろう。

直之進は一礼し、なにが起きたか告げた。

聞き終えた宗篤の眉がぴくりと動いた。

「真興どのが襲われたと。誰がやった」

「員弁兜太というものでございます」

「員弁――。聞いたことがあるぞ」

宗篤が思い出そうとする表情になった。

「以前、尾張家に仕えていた者ではないか」

「御意」

これは兵太夫がいった。直之進は見つめた。

「国元において、随一の遣い手といわれておりました。川藤仁埜丞という尾張江戸屋敷の遣い手と試合を行い、左目を失いました。川藤は左手がきかなくなりました」

ふむう、と宗篤が顔をしかめる。

「凄惨な試合だったのだな。その後、員弁兜太は致仕《ちし》したのか。今どうしているか、兵太夫は存じているか」

「いえ、存じませぬ」

「兵太夫、そなたは員弁兜太と知り合いか」

「さようにございます。同じ道場の門人でございますが、ただし、員弁とは竹刀を合わせたことも口をきいたこともございませぬ。腕がちがいすぎ、員弁はそれがしのことなど眼中になかったものと思います」

宗篤が直之進に目を当てる。

「湯瀬、その員弁とやらが襲撃を行ったのはまちがいないのだな」

「はい。その場で隻眼の遣い手と相対しましたが、不覚にも逃がしましてございます。実を申し上げますと、真興さまの弟御であらせられる房興さまがかどわかされ、いまだに居場所がわかりませぬ。それも員弁の仕業でございます」

「なんと」

宗篤が細い目を大きくひらく。瞳には、驚き以外の色は浮かんでいない。

「弟御がかどわかされ、今度は真興どのが襲われたと申すか」

「さようにございます」

そうか、と宗篤が深々とうなずく。

「承知したぞ、湯瀬。役目のほうは休んでかまわぬゆえ、真興どのを襲った員弁を捕らえ、弟御を無事に救出せよ」

「ありがたきお言葉にございます」

直之進は深く頭を下げた。湯瀬、と宗篤が呼びかけてきた。

「余にできることがあれば、遠慮なく申せ。土井家八万石が後ろ盾になれば、そなたも心強かろう。ちがうか」

「はい、百万の味方を得た気分でございます」

「そうであろう」

満足げにいって、宗篤が顔を引き締める。

「しかし、その員弁とやらはどうして真興どのを襲ったのかな」

「それはまだわかりませぬ」

「真興どのといえば、将軍家の覚えはめでたく、老中首座の水野さまのお気に入りともいわれている。そのようなお方の命を狙うとは、暴挙としかいいようがない」

宗篤が兵太夫に視線を転じた。

「どうした、兵太夫。なにか気に食わぬことでもあるのか」

兵太夫がはっとする。

「いえ、そのようなことはございませぬ。殿、それがしがそのような顔をしておりましたか」

「うむ、しておったぞ。どこか苦虫を嚙み潰したような顔つきであった」

兵太夫が苦笑する。

「さすが殿は、目敏《めざと》うございますな。それがし、実は朝から腹具合がよろしゅうないのでございます」

「そうか、それは気づかなかったな。心配だの。薬は飲んだのか」

「はい、朝餉のあとに常備しているものを。ただし、まだ効き目があらわれたとはいいがたいようでございます」

「そうか。もし治らぬのなら、余がときおり典医より処方してもらっている薬をやるぞ。あれはよう効く」

きいておりますね。土井家に代々伝わる腹薬と
「はい、存じております。郡蒲散《こおりがまさん》でございますね。土井家に代々伝わる腹薬と
きいております。では、もしこのまま腹痛が治らぬようでしたら、郡蒲散をいた
だきとう存じます」
「うむ、遠慮なく申せ」
宗篤が直之進に向き直る。
「湯瀬、そなたも遠慮するな。力を貸してほしいと思ったら、すぐさま余を頼
れ」
「必ずやそうさせていただきます」
「うむ、それでよい」
直之進は宗篤の前を辞した。長い廊下内は大気が引き締まっており、体が急激
に冷えた。宗篤の部屋には二つの大火鉢が置かれ、盛んに炭が焚《た》かれてあたたか
かったが、廊下はちがう。昨日の夜半に雪は上がり、今日は朝から陽射しはある
が、まだ江戸の町中は雪が積もったままで、土井家の上屋敷内もさすがに冷えき
っている。
ぶるりと出そうになる身震いを抑えて歩きつつ、よい殿さまだな、と直之進は
心から思った。尾張から養子として入ってきたが、こたびの一件にはまったく関

わっていないのは明白である。ただし、石添兵太夫は正直わからない。なにか陰謀をめぐらせているのかもしれない。

遠侍《とおさぶらい》と呼ばれる当番の侍たちの詰所で、和四郎が待っていた。直之進が顔を見せると、ほっとしたように出てきた。

「いかがでしたか」

宗篤に自由に動く了解をもらえたか、と和四郎はきいている。

「うむ、快諾していただけた」

「さようでしたか。これで湯瀬さまはしばらくのあいだ剣術指南役のことはお忘れになって、探索に没頭できるということですね」

直之進と和四郎は、表門に向かって歩きはじめた。上屋敷内にもたっぷりと雪が積もっている。長屋門の瓦《かわら》も白く輝いていた。

ところで、と門を出てすぐに和四郎が問うてきた。

「湯瀬さまの感触としてはいかがでしたか。もちろん宗篤さまのことですが」

「宗篤さまは無関係だな」

直之進は即答した。道は泥濘《でいねい》となっていて、脇には雪が山のように寄せてある。穏やかな陽射しを受けてそれが溶けはじめ、水が道に流れ込んできている。

そのために余計、道はひどいぬかるみと化している。

「よいお方だ。腹黒いところは、まったく感じられぬ」

「さようですか」

歩を運びつつ、直之進は和四郎を見つめた。

「和四郎どの、どうやら俺の答えを予期していたようだな。登兵衛どのがそうおっしゃったのか」

はい、と和四郎が顎を縦に動かした。

「公儀の要人のあいだで宗篤さまのご評判は、悪いものではないようです。むしろ、人柄と聡明さを高く買っておられる方が多いらしいのです。湯瀬さまがおっしゃるように、腹黒いところもなく、悪巧みをするようなお方ではないというのが大方の世評なのですが、それが果たして本当のことなのか、我があるじの枝村さまは確かめようがなかったのです」

「それで登兵衛どのを通じて、俺を土井家に入れ、和四郎どのが家中で自由に動けるように仕向けたのか」

「はい、さようにございます。宗篤さまが評判通りのお方なのか、それとも評判はうわべだけのもので芝居をしているのか、土井家のなかに入らぬことには、どうにも知得《ちとく》しようがありませんでした。宗篤さまはなにしろお若い。外からでは、ご意思がまったく読めません。登兵衛さまは、宗篤さまは無関係ではないかと、はなからにらんでいるようでしたが」

　直之進はうなずいた。

「それで和四郎どの。登兵衛どのは誰が怪しいとにらんでいるのだ」

和四郎が微笑を浮かべた。

「その前に、湯瀬さまはいかがですか。目星《めぼし》がおつきではありませんか」

直之進は小さく笑みをつくった。

「なるほど、登兵衛どのも石添兵太夫どのが怪しいと考えておられるのだな」

和四郎は無言だが、否定はしなかった。

歩きながら直之進は腕組みをした。

「石添兵太夫どのは、何者なのかな。員弁兜太とはどういう間柄なのだろうか。先ほど、宗篤さまの前では、道場の門人同士だが、話をしたことはないといっていた。あれは偽りだったと考えてよいのかな」

「ほう、石添兵太夫どのがそのようなことをいったのですか」

うむ、と直之進は顎を引いた。

「登兵衛どのは、沼里家に起きた一連の事件に石添どのの意思が垣間見えるとお考えのようだな。こたびの一件で石添兵太夫どのが裏で糸を引いているとして、いったいなにが狙いなのか。なにをしたいのだろう。尾張家から養子に入った宗篤さまの近辺にきな臭さがあり、その臭いのもとを登兵衛どのは探り出したいと考えて、俺と和四郎どのを土井家に送り込んだのだろうが」

「房興さまかどわかしと真興さまの襲撃は、そのもともとの狙いがあってこそ生じたものと、湯瀬さまもお考えなのですね」

「そういうことだ。登兵衛どのが見立てちがいをするとも思えぬ。石添兵太夫どのにはなにか狙いがあるのだろう。裏で糸を引いているとして、その真の狙いがまださっぱりわからぬ」

「はい、それを探り出さねばなりませぬ」

決意を堅く刻みつけた顔で、和四郎が深くうなずく。

「ところで和四郎どの、俺には一つ疑問がある。おのれでもよくよく考えてみたのだが、答えは出ぬ」

「それはいったいなんでしょう」

「石添兵太夫どのが、どうして俺が土井家に入ることを許したかということだ。

俺が必ず誰かを一緒に連れてくるのは目に見えていたはずだ。その者に家中を探られる恐れがあるにもかかわらず、なぜ入り込むことを許したのか」

「登兵衛さまも、そのことは不思議がっていらっしゃいました。登兵衛どのの推測ですが、石添兵太夫どのには自信があるのではないか、とのことでした」

「どういうことかな」

直之進は耳を傾けた。

「枝村さまは、老中首座の水野忠豊さまの一派でございます。そして、真興さまも水野さまの一派とみられています」

「やはりな」

「しかも、水野さまは尾張嫌いで知られています。こたびのことは、幕府内での水野派と反水野派の対立が火種になっているとも考えられます」

なるほど、と直之進は相槌を打った。和四郎が続ける。

「石添兵太夫どのとしては、水野さまの息のかかった者が家中に入っていろいろと探ったところで、なにもつかめまいと考えているのではないでしょうか。むしろ、偽の事の次第や内容、中身などをつかませ、我がほうを攪乱《かくらん》できると考えているのかもしれません」

「それが、自信という言葉につながるのか」

「はい。湯瀬さまが剣術指南役に入るのを断ることで余計に疑われるのなら、むしろ進んで受け入れたほうがよいとの判断も働いたのかもしれません」

控えめに和四郎が直之進を見る。

「あの、湯瀬さま、ところで今どこに向かっているのでございますか」

「和四郎どの、もう見当はついているのでないか」

「ああ、やはり米田屋《よねだや》さんでしたか」

「うむ、一つ片づけておきたい用事があるのだ。それに、頼み事もあってな」

道は、米田屋がある小日向東古川町《こひなたひがしふるかわちょう》にすでに入っている。行く手に、米田屋の建物が見えていた。屋根の雪はほとんど溶け、まだらに残っているだけだ。濡れた瓦が陽射しを弾いている。暖簾《のれん》が風を受けて、柔らかく揺れていた。

ごめん、と直之進は暖簾を払った。うしろに和四郎が続く。

「いらっしゃいませ」

土間にいたおきくが弾んだ声を上げる。直之進を見て、目を輝かせている。祝《しゅう》言《げん》を挙げると約束したにもかかわらず、いまだにいつになるか、はっきりしていない。待たせてすまぬと直之進はいつも思っている。もちろん、その気持ちはおきくに伝えてある。思っているだけでは駄目で、はっきり口に出していわなければいけないのは、これまでの経験から思い知ったことだ。

「直之進さん、よくいらしてくれました」

直之進の前に来て、おきくが見つめる。

「うむ、久しぶりだな。なかなか足を運べず、申し訳なく思っている」

「いえ、よいのです」

穏やかにかぶりを振る。

「いま直之進さんは、房興さまのことで奔走されていらっしゃいます。房興さまを無事に救い出せたら、ゆっくりとおいでくだされればよいのです」

直之進は厳しい顔をつくった。

「おきくちゃん、実は房興さまのことだけではなくなったのだ」

「どういうことでございますか」

おきくが瞳に真剣な光を宿す。

直之進は、昨日の夕刻、真興が襲われたと告げた。

「ええっ」

おきくが目をみはり、その場に立ちすくむ。

「お殿さまはご無事なのですか」

「ああ、肩に傷を負われたが、深手ではない。命に別状はないゆえ、安心してくれ」

おきくの両肩から力が抜けた。

「よかった」

おきくは、真興のことはよく知っている。この前も、直之進と一緒に沼里に行き、会ったばかりなのだ。あんなによいお殿さまはほかにいらっしゃらないというのが、おきくの口癖である。

「もしやお殿さまを狙ったのは、例の員弁兜太では」

「そうだ」

直之進は大きく顔を動かした。

「直之進さんは昨日、お殿さまを出迎えに上屋敷に行かれましたね」

「行ったが、出迎えには間に合わなかった」

どうしてそういうことになったのか、直之進は経緯《いきさつ》を伝えた。

おきくが眉をひそめる。

「そのお栄という女は、まちがいなく員弁兜太とつながっていると思います」

おきくが強い口調で断言した。

「女の勘というわけではないようだな」

「勘は勘なのですけど、助けを求めて直之進さんのうしろに回ったとき、そのお栄という人はうっかりと殺気を放ってしまったのでしょう。もし殺ろうとしたら殺れたのではないかと直之進さんが思ったのは、偶然ではないと思います」

「なるほど、おきくちゃんのいう通りだな」

直之進は懐から一枚の紙を取り出した。

「これがそのお栄という女だ」

おきくが人相書を手にし、目を落とす。

「きれいな人……」

「うむ。目に力があって、それが色気を与えていたな」

おきくが目を上げた。

「これは直之進さんが描かれたのですか」

直之進は首を振った。

「いや、おきくちゃんも知っての通り、俺は絵はとんと駄目だ。画才はまったくない。描いたのは、安芝菱五郎《やすしばひしごろう》どのだ」

「はい、存じています。とても頭のよいお方です」

「うむ、殿のご信頼も厚い。絵もとても上手だ。俺のたどたどしい説明を見事にくみ取り、お栄という女を、まさに俺の見た通りに仕上げてくださった」

おきくが人相書を返そうとした。

「いや、これはおきくちゃんが預かってくれ。それで、もし富士太郎さんがここに寄ったら、渡してほしいんだ」

「樺山さまにですね。承知いたしました」

「今もなんらかの事件を抱えて忙しくしているだろうから申し訳ないと思うのだが、富士太郎さんには是非とも、このお栄という女を捜す力添えをしてもらいたい。富士太郎さんが力を貸してくれたら、相当にちがう結果がもたらされるような気がしてならぬ」

「わかりました、必ず伝えます。樺山さまは今でも変わらずに直之進さんのことが大好きなはずです。きっと大喜びで、お力を貸してくれましょう」

「そうならよいのだが」

「大丈夫ですよ。私が請け合います」

おきくが明るい笑顔でいう。

「これは私が責任を持って、必ず樺山さまにお渡しいたします」

「うむ、よろしく頼む」

これで用事は終わった。あとは頼み事である。直之進は口をひらこうとした。

そこへ、米田屋のあるじの光右衛門《みつえもん》が戻ってきた。よたよたとした足取りである。顔色が悪く、ひどく青白い。肌も乾いているようだ。

「どうした」

直之進は驚いてたずねた。元気が取り柄の光右衛門がこんなふうになるなど、滅多にないことだ。

「風邪でも引いたのか」

「かもしれません」

ごほごほと体を丸めて咳《せき》をする。直之進は背中をさすった。おや、と思った。前はもっと背中に肉がついており、しかも張りがあったはずだ。今はどこかぐんにゃりとした手触りで、体から芯が抜けてしまっているような感触である。なにかいやな病でなければよいが、と直之進は願った。

「朝から店を出て得意先回りをしていたのですが、急に体が重くなったものですから、仕事よりも体のほうが大事だなと思って、帰ってまいったのです」

父親のただならぬ気配を感じたのか、奥から、おきくの双子の姉であるおれんも出てきた。一番上の姉であるおあきも、せがれの祥吉《しょうきち》の手を引いて顔を見せた。おれんもおあきも心配そうな表情をしている。

「うむ、賢明な判断だったな」

直之進は笑顔で光右衛門をたたえた。女たちを不安にさせたくない。

「米田屋、とにかく横になったほうがよいだろう」

「はい、そうさせていただきます」

それを聞いて、おきくとおれんが布団を敷きに光右衛門の部屋に向かう。

光右衛門が沓脱《くつぬぎ》で草履《ぞうり》を脱ぎ、よろよろと土間から家に上がろうとしてふらついた。直之進は横から支えた。おあきと祥吉もあわてて手を伸ばす。

「大丈夫か」

「ええ、ええ、大丈夫でございますよ。米田屋光右衛門はこのくらいでへたばるような男ではございませんから」

直之進はにこりとした。

「そのくらいいえれば、確かに大丈夫だろう」

光右衛門の部屋には、すでに布団が敷かれていた。

直之進は、その上に光右衛門をそっと横たえた。顔をゆがめそうになって、平静を装った。光右衛門の体がずいぶんと軽く感じられたのである。骨太で固太《かたぶと》りだから、決して目方が少ない男ではないはずなのに、まるで赤子でも扱っているかのようにあっさりと横にすることができた。

「医者を呼ぶか」

枕に預けた頭を光右衛門が左右に振る。

「いえ、その必要はございませんよ。疲れただけですから。今日一日ゆっくりと横になって疲れを取れば、明日からまた元気に働けますよ」

直之進は、表情にあらわすことなく内心で唇を嚙み締めた。

「それならよいのだが」

「大丈夫でございますよ、湯瀬さま」

直之進は光右衛門の目をさりげなく見た。少し黄色く濁っているようだが、生気は十分に感じられる。

「湯瀬さま、今は手前にかかずらっている場合ではないでしょう。房興さまを一刻も早くお救いにならないと」

「うむ、それはよくわかっているのだが、米田屋は俺の大事な義父となる男だ」

光右衛門がうれしそうに笑う。

「湯瀬さまは、手前にとっても大事な娘婿となられるお方でございますよ。手前は、湯瀬さまとおきくのあいだにできた子をこの手に抱くまでは決して死にませんから、どうか湯瀬さま、安心して房興さまを救い出すことに専心されてくださ
い」

「わかった」

直之進は深くうなずいた。

「だが、町内には名医の堅順《けんじゅん》先生がいらっしゃるではないか。堅順先生は、昔、
俺の傷も治してくれたぞ」

「直之進さん、堅順先生は私が呼んできますから、安心してください」

おきくが申し出てくれて、直之進は安堵した。

「そうか。おきくちゃん、よろしく頼む」

直之進は光右衛門のことが気にかかり、もっとその場にいたかったが、房興捜しのこともある。光右衛門の部屋を出て、米田屋を和四郎とともにあとにしようとした。

「あの、直之進さん」

暖簾を外に払ったところで、見送りに来たおきくに呼び止められた。

「樺山さま以外のことで、ほかになにか用事があったのではありませんか」

「ああ、そのことか……」

直之進は口ごもった。

「遠慮されることはありません。なんでもおっしゃってください」

「いや、米田屋があんなことにならなければ、おきくちゃんに頼もうと思っていたのだが」

「なんでしょう」

おきくが小首をかしげ、じっと見る。真剣な顔がいとおしく、直之進はうなずいた。

「ならば、いおう。おきくちゃんに我が師匠である川藤仁埜丞さまの看護に行ってほしかったのだ」

「川藤さまの……」

「うむ。房興さまがかどわかされ、川藤さまの看護に当たっているのは芳絵《よしえ》どのという娘御だが、大身の旗本の姫だというのにやくざ者の用心棒になるような女性だ。正直、ちゃんと看護ができているか、心許《こころもと》ないところがある。その点、おきくちゃんに看《み》てもらえれば、俺も安心なのだが……」

「私、行きます」

「だが、おとっつぁんが心配だろう」

「もちろん心配ですけど、おとっつぁんも歳ですから、いろいろと出てきてしまうのは仕方ないと思うんです。それに、女手はほかにもありますから、私一人が抜けてもたいしたことはありません」

そのとき、横合いからのっそりと近づいてきた一つの影があった。

「直之進、おきくのいう通りにしろ」

見ると、平川琢ノ介《ひらかわたくのすけ》がぬかるんだ道をのろのろとやってきたところだった。相変わらず腹が前に突き出て、でっぷりとした体つきをしている。

「なにがあったか知らぬが、おなごの好意には遠慮なく甘えるもんだ」

直之進はなにが起きたか、琢ノ介に伝えた。

「米田屋が寝込んだだと」

琢ノ介が仰天する。

「そいつはまた珍しいことがあるもんだな。天もびっくりして、魚でも降らすんじゃないのか」

実際、嵐のあとなど、魚が降ってきたことが沼里ではあったと聞く。琢ノ介は北国の出身だが、故郷で同じようなことがあったのかもしれない。

「こうしてはおれんな」

急いで琢ノ介が暖簾を払おうとして、体を止めた。直之進を見る。

「直之進、顔色があまりよくないな。米田屋以外でもなにかあったのではないか」

「わかるか」

「わかるさ。もう長いつき合いだぞ」

長いばかりではない。互いに死線を乗り越えたこともある。

「実はな」

直之進は琢ノ介に真興が襲撃されたことを伝えた。

「なんだと」

琢ノ介が目をむく。

「やったのは員弁兜太か」

「勘がよいな」

「そのくらい誰にでもわかる。ふむ、殿さまはご無事なんだな。もしご無事でなきゃ、直之進はこんなところにはおらんだろうからな。員弁兜太を殺すために、江戸中を走り回っているはずだ」

確かに、琢ノ介のいう通りだ。

「直之進、わしにできることがあれば、なんでもいえ」

「ならば、頼みがある」

「なにかな」

直之進は、琢ノ介の耳にささやきかけた。

「ほう、そんなことか。お安い御用だ」

「今日、行ってくれるか」

「ああ、行くさ」

琢ノ介が力強く顎を引く。

「だが、その前に米田屋の見舞いだ」

ではな、といって琢ノ介が暖簾を払い、店の奥に向かった。

「こうして見ると、琢ノ介も米田屋のことが大好きなんだな」

大黒柱が床に伏したというときに、一人前の男がやってきたのは、米田屋の女たちにとっても心強いはずだ。

「直之進さん」

呼ばれて、直之進はおきくに目を当てた。

「私、川藤さまの看護に行きますから」

「本当によいのか」

直之進は念を押すようにきいた。おきくがこくりと首を動かす。

「ええ、かまいません」

「そうか。ならば、おきくちゃん、頼む」

直之進は、これから房興の家に行こうと考えた。員弁兜太に傷を負わされた仁埜丞の容体も気になるし、芳絵に会っておきくのことを伝える必要もある。

いえば、芳絵はきっとおきくに仁埜丞の看護を譲るだろう。もともとかどわかされた房興のことが心配でならず、探索に出たいとずっと考えているはずなのだ。

堅順先生に来てもらい、光右衛門の容体がはっきりしたら、仁埜丞のもとに行くというおきくに、直之進は房興の家の道順を教えた。

「米田屋が周旋《しゅうせん》した家だから、おきくちゃんは知っているかもしれんが」

「はい、おとっつぁんが周旋したのは存じていますが、行ったことはありませんから、助かります。でも神田小川町なら、何度も行っていますから、迷うようなことはありません」

おきくが自信にあふれた顔でいう。

「それを聞いて安心した」

にこりとした直之進はおきくを見つめてから、ではこれでな、といって和四郎とともに歩きはじめた。

「米田屋さんは心配ですね」

歩を進めつつ和四郎が案じ顔でいう。

「うむ、あんなことは滅多にないから、心が晴れぬ。堅順先生は名医ゆえ、まかせておけば、きっとよい結果が出るにちがいあるまい」

直之進は、自らにいいきかせるように力強く口にした。

歩きつつ、懐から人相書を取り出す。これにもお栄の顔が描かれている。直之進は、安芝菱五郎に全部で五枚の人相書を描いてもらったのだ。

「そのお栄という女を捜すのですね」

和四郎がきいてきた。

「そうだ。この広い江戸で見つかるかどうか、心許ないが、員弁兜太を捜すよりも見つかる度合は強いのではないかと思っている」

「それは湯瀬さまの勘でございますか」

「まあ、そうだ」

まじめな顔で和四郎が顎を縦に動かした。

「湯瀬さまの勘はよく当たりますから、きっとこのお栄という女は見つかりましょう」

「見つかれば、員弁兜太につながる手がかりを得られるはずだ」

和四郎が顔に決意の色をみなぎらせる。

「承知いたしました。必ずよい結果が得られましょう」

その顔つきを見て、直之進も必ずこの探索がうまくいくという確信を抱いた。

「あとはやはり石添兵太夫だろうな」

「手前もそう思います。石添どのは、上屋敷に住んでいるのですか」

「いや、外に屋敷を持っているはずだ」

「もしやそこに房興さまが監禁されているというようなことは考えられませんか」

「十分に考えられるな」

直之進は石添兵太夫の屋敷にまっしぐらに行きたいという衝動に駆られたが、そんなことをしたところで、なかに入れるはずもない。なんの証拠もないのに、押し入るわけにもいかない。もし忍び込むとしたら、それは深夜のことだろう。今は、先にやるべきことをすませたほうがよい。

石添兵太夫の屋敷を探るのは、と直之進は思った。そのあとということになる。

三

房興のことは相変わらず気になっている。

だが、自分は町奉行所の定廻り同心である。首なしの死骸という猟奇としかいいようのない事件が起きた今、これにほとんどすべての力を注がなければならない。

といっても今のところ、手がかりはなにもない。あと一刻ほどで、冬の短い日は西の空に没しようとしている。あたたかだった陽射しはすでに弱まり、寒さが急激に増してきている。大気が引き締まってきている感じだ。熱燗《あつかん》をくいっとやれば体もあたたまるのだろうが、仕事中にそんなことはできない。

首なしの死骸を自身番に預けたあと富士太郎と珠吉は、何者かに殺害された者が向かおうとしていた北へ北へと足を運び、聞き込みを続けたのだが、いまだ手応えのある話は一つも得られていない。死骸の胸に大きく残っていた古傷のことを主に、出会う者すべてに話をきいていったのだが、今のところ、徒労に終わっている。

「おや、珠吉」

足を止めて、富士太郎はあたりを見回した。

「ここは、直之進さんが住む小日向東古川町じゃないかい」

この町には数え切れないほど来ていることもあり、まわりにはなじみになっている風景が広がっている。

「ええ、さいですね」

町を眺めて珠吉がうなずく。

「直之進さん、長屋にいるかな。いや、いないねえ。房興さま捜しに走り回っているにちがいないものねえ」

「さいですね。今も湯瀬さまは必死に捜されているんでしょうね。長屋にはほとんど戻られていないんじゃないですかい」

「うん、そうかもしれないねえ」

富士太郎は再び足を進めはじめた。

「あっ、米田屋さんが見えてきたよ。珠吉、寄っていこうか」

「旦那、なにか用事がありますかい。なにもないのに寄っても、むしろ迷惑ですよ。それに、旦那の苦手な平川さまがいらっしゃるかもしれませんよ」

「おいらは、別に豚ノ介《ぶたのすけ》のことは苦手じゃないよ。ああ、豚ノ介なんて呼んじゃあいけないね。豚ノ介さんは口は悪いけど、いい人だよ。けっこう頼りになるところもあるしさ」

「それはあっしも認めますよ。湯瀬さまも、平川さまの粘り強い剣はすばらしい、とほめていらっしゃいましたもの」

そうだ、と富士太郎は声を上げた。

「直之進さん、なにかおいらに言伝《ことづて》しているかもしれないよ」

珠吉が小さく顎を引く。

「そうかもしれませんねえ。湯瀬さまはなにもおっしゃいませんけど、房興さま捜しで旦那を頼りたいっていうとき、米田屋さんに言伝をしておけば、ほぼ確実に伝わりますからね。旦那はなんだかんだいって、必ず米田屋さんに顔を見せますから」

「そういうことだよ」

富士太郎は珠吉とともに米田屋に向かった。

「ごめんなさいよ」

暖簾を払う。帳場格子《ちょうばごうし》のなかに、琢ノ介がいた。

「あっ、樺太郎《かばたろう》ではないか」

この豚ノ介め、また懲《こ》りずに呼んだね、と思ったが、富士太郎はいい返さなかった。

「今日は店番ですか」

「まあ、そうだ」

「おきくちゃんたちは出かけているのですか」

「おきくは出かけているが、あとの二人は奥にいる。祥吉を入れれば三人だな」

帳場格子のなかに座っている琢ノ介が首を曲げ、ちらりと視線を投げる。その目に心配そうな光が浮いているのを、富士太郎は見逃さなかった。

「なにかあったんですか」

「富士太郎、聞いて驚くな。米田屋が寝込んだんだ」

「ええっ」

富士太郎はのけぞりかけた。あの頑丈そのものの光右衛門が寝込むなど、容易に信じられるものではない。鬼の霍乱《かくらん》というが、まさにそれではないか。

「ま、まことですか」

「嘘をいっても仕方ない」

「風邪ですか」

琢ノ介が暗い顔でかぶりを振る。

「医者に診てもらったのだが、どうも疲れからきているものらしい」

「悪いんですか」

「うむ、医者の口調は重かったな。あれは、あまりよい兆候《ちょうこう》とはいえん」

「そ、そうなのですか」

富士太郎は呆然とし、立ちすくんだ。珠吉も声を失っている。

「お見舞いしてもかまいませんか」

「もちろんだ。だが、眠っているぞ」

「顔を見るだけでも」

「うむ、そうだな。だが、富士太郎、その前にいっておくことがある。そののほほんとした顔ではまだ知らんだろう」

言葉は冗談めかしているが、琢ノ介が珍しく真顔でいうから、富士太郎は我知らず居住《いず》まいを正した。

「なんですか」

「聞いて驚くな。真興さまが員弁兜太に襲われたぞ」

「ええっ」

富士太郎は仰天した。珠吉は口をあけて、言葉がない。

「ご無事なのですか」

「ああ、それは大丈夫のようだ。肩に傷を負われたそうだが、命に別状はないそうだ」

「それはよかった。不幸中の幸いですね。襲われたのはいつのことですか」

「昨日の夕刻のことだ。雪が降りしきるなか、行列が上屋敷に入る寸前に襲われたそうだ」

「員弁兜太はどうなりました」

「逃げたそうだ」

「一人で襲ってきたのですか」

「どうやらそうらしい」

「沼里家中に死者は」

「負傷した者が何人も出たらしいが、いないとのことだ」

「さようでしたか」

富士太郎は胸をなで下ろした。

「とにかく、真興さまがご無事なら、それがしにいうことはありません」

直之進さんは、と富士太郎は思った。怒りに震えているのではあるまいか。員弁兜太を捕らえるため、遮二無二《しゃにむに》江戸の町を走り回っているのではないだろうか。

「平川さんは、どうして襲撃のことをご存じなのです。直之進さんに会ったのですか」

「うむ、会った。先ほど、ここに来たんだ」

「ああ、さようですか。なにか直之進さんからそれがしに言伝はありますか」

「ああ、あるようだぞ。おきくが人相書を直之進からもらっている。それをおれんが預かっているはずだ」

「わかりました」

「しかし、富士太郎、おまえはどうして襲撃のことを知らんのだ。番所には、すぐさま沼里家からつなぎがいったはずだぞ」

「それがし、今朝は番所には寄らず、じかに事件のあった場所に行ったものですから」

「殺しか」

「よくわかりますね」

「番所に出仕することなくその場に直行するなんざ、重大な事件以外考えられぬからな」

「平川さん、見かけによらず、頭のめぐりは悪くないですね」

「あまりいいともいえんが、そんなにひどくもないさ。なにしろ、直之進に頼まれごともされているからな」

「頼まれごとですか。なんです」

琢ノ介が真剣な顔で首を横に振る。

「富士太郎と珠吉のことは信用しているが、そいつはいえんのだ」

「さようですか」

「頼まれごとをされたゆえ、わしもこれから出かけねばならぬ」

琢ノ介が強い口調でいった。

「さて、そろそろ暗くなってきたから、店じまいをするか」

立ち上がり、土間に降りた。入れちがうように富士太郎は家のなかにあがった。人相書とはなんだろう、と思いながら珠吉と一緒に、失礼します、といって光右衛門の部屋に入った。

布団が敷かれ、その枕元におれんとおあきが正座していた。富士太郎たちに気づいて、あっ、といって、立ち上がりかけた。

それを富士太郎は無言で制し、おあきの隣にいる祥吉の横にそっと座った。珠吉がうしろに控える。

光右衛門は疲れ切ったような顔で眠っていた。いびきはかいていないが、安らかな寝息とはいえない。なにか喉に引っかかったようなかすれた音がする。顔はどす黒く、唇は灰色になっている。持ち味の血色のよさはまったく感じられない。

富士太郎は、おあきに容体をきいた。

「ご覧の通り、いいとはいえません。お医者さまによれば、肝の臓に疲れがひどくたまっているということなんですが」

「薬は」

「いただきましたが、まだのませていません。目が覚めてから、のませるようにということなので」

「さようですか」

おれんが顔を上げ、物問いたげに富士太郎をじっと見ている。人相書だね、と察した富士太郎が目でうながすと、おれんが立ち上がり、腰高障子を滑らせて廊下に出た。どこに行くの、という顔で祥吉が見ている。心配いらないよ、と富士太郎は小さくうなずきかけ、珠吉とともにおれんに続いた。

「これを湯瀬さまから預かっています」

おれんが一枚の人相書を手渡してきた。

受け取った富士太郎は人相書に目を落とした。珠吉にも見えるようにする。描かれているのは、若い女である。目に強さがあり、それが色気にもつながっており、また逆に勝ち気さも感じさせる。

「なかなかきれいですね」

珠吉がのぞき込んでいう。

「うん、そうだね」

富士太郎はおれんに目を当てた。

「この女は」

「員弁兜太の手下かもしれないとのことでございます」

「なんだって」

声がうわずる。

「どういうことだい」

おれんが説明し、最後に付け加えた。

「本名かどうか、お栄という名だそうです」

「お栄だね」

富士太郎はその名を胸に刻みつけた。

「なるほど、直之進さんが真興さまの出迎えに行くのを邪魔した女なのか。そうか、員弁兜太は直之進さんに真興さまのそばにいられては襲撃が失敗に終わると踏んで、この女と偽のやくざ者にそんなことをさせたのか。うんうん、この女は員弁兜太につながっているのか。――おれんちゃん、これはもらってもいいのかい」

「ええ、もちろんです。湯瀬さまは、樺山さまに捜索のお力添えをしていただきたいとおっしゃったそうです」

そうか、直之進さんはそんなことをいっていたのか。

直之進に頼られて、富士太郎の胸は熱くなった。もう一度、人相書を見つめる。気の強そうな目が見返してくる。

小癪《こしゃく》な女だね。よし、必ず見つけ出してやるよ。待っていな。

富士太郎は懐に人相書をしまい、米田屋を出た。すでに日は暮れ、江戸の町は深い闇に覆われつつあった。大気は冷え、その上、寒風が吹きすさんでおり、身震いが出そうだ。雪は降りそうにないとはいえ、もし行き倒れになったら確実に凍え死にするだろう。

富士太郎は、数え切れないほどの星が冷たく光る空を見上げ、それから忠実な中間に視線を当てた。

「珠吉、もう夜になっちまったし、おっそろしいほど寒いけど、もうちょっとがんばろうと思うんだ。いいかな」

闇のなか、珠吉がにっこりとする。

「もちろんですよ。もし旦那が、今日はもう日が暮れたから引き上げて、明日から探索をはじめようだなんていい出したら、あっしは背中をどやしつけてやるつもりでしたよ」

それを聞いて富士太郎は深くうなずいた。

「珠吉がおいらと同じ考えでよかったよ。よし珠吉、直之進さんの期待に応えるために、一所懸命がんばるよ」

「ええ、その意気ですよ」

珠吉が提灯に火を入れる。富士太郎は珠吉の先導で、冷たい風に体を打たれながらも歩きはじめた。本当は富士太郎が珠吉の風よけになってやりたかったが、背後からも巻いてくるようなこの風では、どちらが前に出ようとまったく関係なさそうだ。

富士太郎と珠吉は、すぐさま聞き込みを再開した。家路を急ぐ者、これからどこかに出かける者、一膳飯屋や煮売り酒屋で体をあたためている者、まだ行商に励む者。そういう者たちに、胸に古傷を持つ男に心当たりがないかをたずね、さらに直之進から預かった人相書を見せてゆく。

だが、一刻ばかり聞き込みを続けたが、手がかりになりそうな言葉は聞けないままだ。体が冷え切り、手の指がかじかみ、足先が痛くなってきた。首筋がすうすうして、身震いを止めようがない。若い自分がこんな感じなのだから、珠吉はもっとつらいだろう。

さすがにもう番所に引き上げようかと考えたとき富士太郎は、ほとんど人けのない寂しい辻にぽつんと立つ女に気づいた。提灯を力なく掲げ、誰かを待っているかのような顔だ。待ち人が男であるのはまちがいないだろう。あるいは、亭主かもしれない。

「寒いねえ」

なんとなく気になって、富士太郎は声をかけた。

「えっ、は、はい」

不意に近づいてきた男に驚き、女はあとずさりかけたが、それが定廻り同心であることに気づいてとどまった。切れ長の目がくっきりとし、鼻筋が通って、なかなかきれいな顔立ちをしている。ただ、闇のなかでも唇が紫になっているのがわかった。風に吹かれる花びらのように震えている。

「この寒いのにご苦労さんだね。帰りを待っているのは亭主かい」

「は、はい。お役人もこんな遅くまでたいへんですね」

「まあ、そうだね。でも、一刻も早く事件を解決に導きたいからさ。夜の暗さと寒さになんか、負けるわけにはいかないんだよ」

女が寂しげに笑う。少し気がかりがあるような顔をしている。きっと亭主のことを案じているのだろう。

「あの、近くでなにか事件があったのですか」

「近いといえば近いかなあ。昨日のことなんだけどね」

富士太郎はあらましを話した。

聞き終えて女が息をのむ。

「首なしの仏……」

「うん、むごい殺され方だね。どうして首を切り取ったのか、わからないけど、この残忍な犯人を捕まえるために、おいらたちはがんばっているんだよ」

「どんな人が殺されたのですか」

富士太郎は最も目立つ特徴として、仏の胸に大きな古傷があることを伝えた。

「長さは五寸ばかりかな。傷を見た医者によると、十年以上も前につけられたものではないかということだ」

富士太郎が気づくと、女が目を思い切り見ひらいていた。富士太郎の話を途中から聞いていなかったのではあるまいか。

「胸に大きな傷跡……」

「心当たりがあるのかい」

富士太郎は、はっとした。

「まさか、おまえさんの亭主の胸にそんな傷跡があるんじゃないだろうね」

女は呆然として、声が出ない。ここは急《せ》いても仕方ないと腹を決め、富士太郎は女の気持ちが落ち着くのを待った。

女が不意に顔を上げた。夜空のあらぬ方向を見ている。涙が目からこぼれ落ちた。

「あの人が、私たちを残して死ぬわけがないんです」

私たち、ということは子がいるということだろうか。

「亭主には胸に傷があったのかい」

その声が聞こえているのかいないのか、女がうなだれる。

「本当は、昨晩来るはずだったんです。それが……」

女が目尻に涙を浮かべた。こみ上げてきたものがあったのか、再びうつむいた。それでも気持ちを振りしぼったのか、まっすぐ富士太郎を見つめてきた。

「亭主は来なかったのか」

「はい。それで、私、今夜は来てくれるんじゃないかと思って」

それで、こうしてここで待っているというわけだね、と富士太郎は思った。ふと気づいたことがあった。

「おまえさん、今、来るっていったね。帰ってくるじゃないのかい」

「夫婦約束はしているのですけど、まだ一緒になったわけじゃないので……」

「なるほど、そういうことかい」

富士太郎は納得した。

「亭主になる男は、よそに家があるということだね。あの、おまえさん、名は」

「りょうと申します」

「おりょうさんかい」

富士太郎は名乗り、珠吉を紹介した。

「旦那、ちょっといいですかい」

珠吉が控えめにいってきた。

「おりょうさんに、一つききたいことがあるんですよ」

なにを知りたいのか見当はついたが、富士太郎は軽くうなずいた。

「うん、なんでもきけばいいよ」

「つかぬことをきくが」

珠吉が静かな口調で問う。

「おまえさん、おなかに子がいるんじゃないのかい」

やっぱりそのことだったか、と富士太郎は思ったが、顔にはあらわさない。

「えっ、はい。そうなんです」

いとおしげに腹をなでる。母親の顔に早くもなっているが、亭主のことに思いが至ったのか、瞳が不安げに揺れた。

「お産婆さんには、あと三月《みつき》ほどで生まれるといわれています」

「亭主の子だね」

富士太郎は念押しした。

「はい、もちろんです」

「亭主はなんというんだい」

「正八郎《しょうはちろう》といいます」

富士太郎はその名を胸に刻み込んだ。

あの、とおりょうがいった。

「その仏には、本当に胸に古い傷があったのですか」

一縷《いちる》の望みをかけて、おりょうが問う。

「うん、さっきもいったけど、刃物でやられた五寸ほどの長さの傷だよ」

「ほかにはどんな特徴がありましたか」

すがるような目でいう。

「歳は三十過ぎではないかってことだった。ほかには、腕やら太ももやら、よく鍛えられた筋肉をしていたね」

「三十過ぎ……」

おりょうが、がくりとうなだれた。

「まちがいないようです。あの人は三十一歳ですから。腕なんかも太くて、よく力こぶを見せてもらいました」

おりょうが崩れるようにしゃがみ込み、両手で顔を覆った。嗚咽《おえつ》が漏れる。

再び富士太郎は、おりょうが落ち着くのを待つことになった。珠吉も気の毒そうにおりょうを見つめている。

風が少し強まり、あたりの家がぎしぎしと鳴っている。乾いて丸まった草が風にあおられて道を横切っていったが、それが狭い路地に消えると同時に、嗚咽がやんだ。おりょうがふらふらと立ち上がった。

腹を押さえている。痛いのかい、と富士太郎はいいかけたが、おりょうの目に、意志を感じさせる光があるように感じた。腹に手を置いているのは、この子のためにがんばろう、と自らを鼓舞しているのではないのか。

そう確信した富士太郎は口をひらいた。

「仏は、牛込白銀町の自身番に置かせてもらっているんだ。おりょうさん、寒いところ申し訳ないけど、今から一緒に行って確かめてくれないかい」

おりょうは悲しみをこらえながら、富士太郎の申し出に、承知しました、と振りしぼるような声で応じた。

「一緒にまいります」

ありがとう、と富士太郎は静かに礼を述べた。

道々、おりょうから話を聞いた。

正八郎は料亭に奉公しているとのことだ。

「渡りの包丁人とのことです」

「店はなんというんだい」

おりょうが、かぶりを振る。

「知らないのかい」

「はい、聞いたことはありません。稼ぎはいいとだけ聞いていました」

「正八郎はどこに住んでいるんだい。店に住み込みかい」

おりょうがまたも首を横に振った。

「知りません」

「えっ、住みかも知らないのかい」

「はい、あの人のことはあまり聞かなかったものですから……」

「でも、夫婦約束をしているのだろう」

おりょうはうつむきかけたが、すぐに前を向いた。

「渡りの包丁人なので、あの人の住まいが定まらないのも当たり前だと思っていたんです。今の店だって、いずれやめて別の店に移るだろうから、覚える必要はないと感じていました。それに、あの人のことをいろいろと突っ込んできくと、なにか今の幸せが壊れてしまうような気がしていました。あの人にはどこか危なっかしいところがありました。気分を損ねると、どこかに消えてしまうんじゃないかって、あたし……」

なるほどな、と富士太郎は思った。その危なっかしさが、今回首なしの死骸と化してしまったことと、関係しているのかもしれない。鍛えられた体ということからして、本当に渡りの包丁人なのか、という疑問は残るが、それはこれからの調べで明らかになるだろう。とにかく、仏のことを知る者に出会えたのは大きな一歩である。

「正八郎とは、いつ知り合ったんだい」

富士太郎は問いを続けた。相変わらず冷たい風が吹き続けており、珠吉の持つ提灯が激しく揺れ、用水桶や商家の塀、一軒家の戸口などをゆらりゆらりと暗く映し出す。

「近くの神社です。私、境内《けいだい》にある茶店で働いているんです。そこで知り合いました」

「正八郎は客だったんだね」

「ええ、そうです。それまでもあの人、ちょくちょく店に来ていたんです。話をすることはなかったんですけど、ときおりちょっとした拍子に目が合うこともあって。表情に潔《いさぎよ》さがあって物腰が粋《いき》で、私、憧れていたんです」

おりょうは、去りし日々を思い出すような遠い目をした。

「そんなある日、酔っ払ったやくざ者が五、六人店にやってきて、私に絡んできたんです。出合茶屋に行こうぜ、って無理やり連れ出されそうになったところを、ちょうど居合わせたあの人が救ってくれたんです。そのことがあってからは気さくに話せるようになりました」

「一気に親しくなったんだね」

その通りですというように、おりょうが深くうなずく。

「正八郎に身寄りは」

「……いないと思います」

「そうかい」

それから先は無言で歩き進んだ。

やがて牛込白銀町の自身番の灯りが見えてきた。五つ半を過ぎようかという頃だが、詰めている者がちゃんといる証である。ああいう者たちの地道な働きが、江戸の治安《じあん》を保っているのだ。町奉行所の一員として、富士太郎は常に感謝の心を町役人や家主たちに抱いている。

失礼するよ、と戸をあけた。三畳の畳敷きの間には、三人の家主と書役らしい者がいた。今朝、話をした年かさの町役人の顔もある。

「あっ、これは樺山の旦那」

三人がいっせいに頭を下げる。

「仏を知る者を見つけたかもしれないよ」

富士太郎が穏やかな口調でいうと、まことですか、と腰を上げた三人が一様にほっとした色を顔に浮かべた。

「名は、なんとおっしゃるのです」

年かさの町役人がきく。

「正八郎という。こちらのおりょうさんの亭主になる人だ」

「えっ、ご亭主になる人……」

町役人はそれきり言葉を失った。

死骸は、富士太郎の立つ土間の端に置かれていた。簀《す》の子《こ》の上に横たえられ、筵《むしろ》がかけられている。自身番のなかは火鉢が盛んに火の粉を弾いていることもあってあたたかく、死骸は少し臭いを放っているようだ。

おりょうが、筵の盛り上がりをじっと見ている。富士太郎はおりょうにうなずきかけてからひざまずき、いいかい、といって筵をはいだ。首なしの死骸があらわれる。胸の古傷が富士太郎の目に大きく映る。

おりょうが、うっとうなって口を押さえた。

むごいとは思ったが、こういうときは感情をまじえず、冷静に順序通りに進めていったほうがよい。

息を大きくのみ込んで、おりょうがしゃがみ込み、死骸を見つめる。胸に強い視線を当てている。正八郎でないように、と祈っているような瞳に見える。

おりょうが目を不意に閉じた。まぶたの堰《せき》を切って涙が出てきた。

「まちがいありません」

喉の奥から声を絞り出した。

「正八郎さんです」

念押しの必要はもはやいらないのは明らかだったが、手順として富士太郎はたずねた。

「この遺骸は正八郎でまちがいないね」

「はい、まちがいございません」

震える声だったが、おりょうは、はっきりと答えた。それが急に支えがなくなったように、死骸にしがみついた。

「あんたぁ」


「どうかな」

号泣が富士太郎の耳を打つ。珠吉も横で立ち尽くしている。

やがて泣き声が静かになり、不意にやんだ。

「おりょうさん、頼みがあるんだけど」

富士太郎が柔らかく声をかけると、おりょうが振り仰いだ。

「正八郎の人相書を描きたいんだけど、力を貸してくれるかい」

いった途端、おりょうがきっとした顔になり、富士太郎は内心、驚いた。

「うちの人を殺した男を捕まえてくれるんですね」

刃物を投げつけるような鋭い口調でいった。

「ああ、その通りだよ」

「ええ、承知しました」

富士太郎は、おりょうを畳敷きの間に座らせ、自身は向かいに正座した。正八郎の顔の特徴をおりょうにききながら、紙に筆を走らせる。以前、こんなことはできなかったが、幼い頃から絵筆を握るのは好きで、友垣《ともがき》の似顔などもよく描いては、似てるなあ、うまいなあ、と喜んでもらっていたものだ。

何枚かの反古《ほご》を出したのち、人相書はできあがった。描きはじめてから、半刻近くが経過していた。

手応えを感じつつ、富士太郎はできあがったばかりの人相書を見つめた。いい男だね、というのが率直な感想である。

彫りの深い顔立ちで、目が鋭く、にらみつけるような視線を発している。眉が太く、鼻は高い。上下の唇は薄く、情のなさを感じさせる。耳も小ぶりで、福耳とはいいがたい。

部屋があたたかなこともあり、すでに人相書の墨は乾いている。

「これはどうだろうか」

多分大丈夫だろうと思いつつ、富士太郎はおりょうに手渡した。受け取ったおりょうが、うんうんとうなずく。

「そっくりです」

おりょうはいつまでも見ていたいようで、かわいそうだったが、富士太郎は人相書を返してもらった。それをていねいに折りたたんで懐にしまい込む。

「あの、亭主を引き取ってもよろしいですか」

「葬儀をするんだね。うん、正八郎に身寄りはほかにないのだろう。おまえさんしかいないのであれば、かまわないと思うよ」

それを聞いて、おりょうが考え込む。決意したように首を縦に動かし、富士太太郎を見た。

「もしかしたら、正八郎さん、おかみさんがいたかもしれません」

「えっ、本当かい」

今になってそんな話が出てくるなど、富士太郎は驚きを隠せない。珠吉も同じ顔つきだ。

「どうしてそう思うんだい」

「正八郎さん、寝言をいったんです。女の人の名でした」

「寝言で。なんていう名だい」

「おりえとか、おりい、おえりとか、確かそんな名でした」

「その寝言は何度か聞いたことがあるのかい」

「ええ、そうです。うなされながら口にしていましたから、なにかうしろめたいことがあるんじゃないかって」

「いつも同じような名が出てきたんだね。正八郎は、女房がいるとはいったことがなかったんだね」

「はい、一度も」

そうかい、と富士太郎はいった。本当に正八郎に女房がいたかどうか定かではないが、まずは心に置いておくことにした。

「もし正八郎さんにおかみさんがいたら、遺骸の引き取りはできなくなるんでしょうか」


富士太郎は珠吉に目を向け、すぐおりょうに戻した。

「おいらはかまわないと思うな。女房がいるにしても、すぐに見つかるとは思えない」

「わかりました。墓に入れるのはやめておいて、茶毘《だび》に付すことにします。それなら、いつ正八郎さんのおかみさんが出てきても、遺骨を渡すことができますから」

「えらいね」


富士太郎だけでなく、町役人たちもたたえるような表情をしている。それに気づいて、おりょうが泣き笑いの顔になる。

「いえ、そんなほめられるようなことではありません」


町役人が気を利かせて、裏から大八車を持ってこさせた。それに遺骸をのせ、筵をかぶせた。紐で縛り、遺骸が落ちないようにする。

おりょうが引くというのを、富士太郎はとどめ、自分が代わった。珠吉が、あっしがやりますよ、と進み出たが、ご老体にそんなことをさせられないよ、と断った。

もう刻限は四つをすぎて、寒さは厳しさを増していたが、富士太郎は平気だった。先祖を大事にしておけばいいことがあるというが、顔を見たことのない死骸に対しても、それはきっと同じだろうという信念がある。こうしておけば、必ず犯人にたどりつくための手伝いをしてくれるのではないかという思いである。

だが、富士太郎はそういう理由だけで、かじかむ手を握り締めて大八車を引いているわけではない。

亭主になる男を失ったばかりで、しかも子を身ごもっている女に、重い大八車を引かせるわけにはいかないからだった。

こういうのは男がやる仕事なのだ。か弱い女のするべきことではない。

四

空は晴れ渡っている。

その分、今朝は強烈に冷え込んだ。つややかな朝日が右手から昇り、江戸の町を斜めに照らし出しつつあった。

すぐにでも石添兵太夫の屋敷の様子を見たかったが、その前に直之進は昨日に続いて房興の家に行き、川藤仁埜丞を見舞うつもりでいる。

昨日行ったとき、仁埜丞は昏睡《こんすい》したままで、目を覚ましていなかったが、ちょうど来合わせていた医者が、この分なら明日あたり意識がはっきりするかもしれませんな、といったのである。それだけ仁埜丞は快方に向かっているということなのだ。それで、直之進は今日も仁埜丞の見舞いを思い立ったのである。

もっとも仁埜丞が目を覚ましたからといって、喜ばせるだけの材料を直之進は持っていない。仁埜丞のあるじである房興がどこに監禁されているか、いまだにつかめていないのだ。むろん、石添兵太夫の屋敷が怪しいとは思っている。だが、そういう話ばかりでなく、剣の師匠である仁埜丞と、直之進はなんでもいいから語り合いたかった。仮に話ができないまでも、これなら大丈夫だ、もう心配はいるまい、と仁埜丞の顔を目の当たりにして、確信したかった。

家の前に着いた直之進は、すぐに訪《おとな》いを入れた。はい、と女の返事が聞こえたが、それは芳絵の声ではなかった。もっと耳になじんだ声である。

案の定、戸口に姿を見せたのは、おきくだった。

「おはようございます、直之進さん、和四郎さま」

「おはよう。それにしても早いな、おきくちゃん」

直之進は驚いて、許嫁《いいなずけ》を見つめた。

「いつ来たんだ」

「六つに店を出ました。ここまで半刻もかかりませんでした」

「そうか。米田屋の具合はどうだ」

唇を噛み締めて、おきくが首を振る。

「そうか。よくないのか」

直之進も案じられてならない。

「おきくちゃん、本当にありがとう。おとっつぁんがこんなときに来てくれて」

「いえ、いいんです。人の役に立てれば、それ以上の喜びはありません」

「昨日も夕方に来てくれたのだろう」

「はい、芳絵さんはすごく喜んでくれました」

直之進たちはすでにこの家をあとにしていたから、おきくには会っていない。

「あっ、お入りになってください」

直之進は和四郎をうながし、家に足を踏み入れた。なかは、薬湯のにおいが濃く漂っている。廊下を進んだ直之進たちは、仁埜丞の部屋の敷居を越えた。

布団が敷かれ、仁埜丞が寝ていた。まだ目を覚ましていない。直之進は枕元に正座し、師匠の顔を見つめた。

血色はかなりよくなっている。息づかいも悪くない。切迫したものがなくなっていた。激しかった鼓動も、胸に手を当てれば、きっと穏やかなものに変わっているのだろう。

「芳絵どのは」

直之進はおきくにたずねた。

「私と入れちがうように出ていかれました。あとは頼みますとおっしゃって」

そうか、といって直之進は少し考えた。房興捜しに出たのだろう。

「どこに行くか、いっていたかい」

「いえ、なにも」

直之進は再び考え込んだ。思い浮かぶ場所は一つだ。石添兵太夫の屋敷である。

昨日、芳絵に話すべきではなかった。伝えれば、一人でもこの家を飛び出してゆくのは目に見えていたのに、話してしまった。浅慮としかいいようがない。

まさか、いきなり兵太夫の屋敷に乗り込むような真似はせぬだろうな。

なにせ旗本三千石の清本《きよもと》家の姫にもかかわらず、屋敷に居着くことなく、やくざの用心棒をしていたような女である。正直、なにをしでかすか、わかったものではない。

――こうしてはおれんな。

芳絵がつかまるようなことがあったら、芳絵だけでなく房興まで危うくなってしまう。

直之進はおきくに後事を頼み、和四郎を連れて外に出た。兵太夫の屋敷の場所は和四郎が知っている。

佐之助のことを思い出した。まだ今も眠り続けているのだろうか。それとも、もう目を覚ましただろうか。

今朝、仁埜丞のもとに行く前に見舞いに赴こうと思っていたが、佐之助には千《ち》勢《せ》とお咲希《さき》がついている。自分が行けば、佐之助をそれなりに力づけられるかもしれないが、千勢とお咲希以上のことはできまい。

最悪の容体を脱したことは、千勢から聞いており、佐之助がこのままはかなくなるようなことがないと知ってひと安心したのだが、それでもまだ容体が急変する恐れがあることは、否定できないそうだ。

あの男のことだから、そうたやすくたばるようなことはないと思うが、早く危険な状況から抜け出て、元気な顔を見せてほしかった。剣をまじえ、命のやりとりをしたこともあるが、今は紛《まぎ》れもなく友垣である。

直之進が願うのは、本復《ほんぷく》以外、なにもなかった。

直之進と和四郎はひたすら足を急がせた。まだ兵太夫の屋敷は見えてこない。

どうして我が殿は狙われたのか。

足を動かしつつ、そんな思いが心の底から湧いてきた。いや、実際にはいつも頭から離れない。

仮に兵太夫が兜太に狙わせたとして、それはなぜなのか。兵太夫は真興にうらみがあるのか。だが、真興と兵太夫が知り合いとは思えない。会ったこともないのではないか。うらみを抱くほどの因縁《いんねん》があるとはとても考えられない。

房興をかどわかしたのは、やはり真興を江戸へおびき出すためか。国元の沼里で狙うより、江戸のほうがやりやすいと思ったのか。敵にとって、江戸は自分たちの領分ということなのか。

直之進は、はっとした。

このあいだ沼里で、野駆け中の真興が落馬し、昏睡に陥るという事故があった。幸い、真興は意識を取り戻し、今はなにごともなかったかのように暮らしているが、あれは仕組まれたものではなかったのか。

以前、真興危篤の報が届けられたとき、直之進は、殿は狙われたのではないかという思いを抱いたが、やはりその通りだったのか。

聞いたところでは野駆けの馬の前に子があらわれ、それに驚いた真興が手綱を思い切り引き、棹立《さおだ》ちになった馬から落ちて地面に叩きつけられたということだった。どういう手を使って子を真興の馬の前に出させたのかわからないが、その陰謀をめぐらせたのは兵太夫ではないのか。

沼里での企みが失敗に終わり、舞台を江戸に移したのか。野駆けの最中に起きた事故ということで、本復してからも真興は、家臣たちから沼里での野駆けを禁じられたほどである。外出も自然に少なくなり、狙う側にとって襲いにくくなったのは事実であろう。

もしこの考えが正しいとして、どうして兵太夫はそこまで執拗に真興を狙うのか。

兵太夫は主君の土井宗篤を溺愛《できあい》している。宗篤のためにいろいろと画策しているのか。

だが、宗篤が真興を憎んでいるというような話は一切聞かない。

謎は深まるばかりだ。

五

屋敷に動きはない。

それにしても寒い。今日は昨日より、いっそう冷え込んだ。足先が痛いくらいだ。指もかじかんでいる。腰のあたりがずっしりと重い。体が冷えると、いつもこうだ。

この案配では、もし刀を抜いてやり合うような仕儀になったとき、まともな働きはできないのではないか。

それが怖くて、芳絵は足踏みをし、指先に息を吹きかけた。何度も何度も繰り返した。

だが、どこもかしこも、まったくあたたまらない。もともと体の冷えがひどいたちである。こんな朝は特にきつくてならない。

でも、と思って芳絵は力強く面《おもて》を上げた。房興のほうがずっとつらいに決まっている。早く助け出してやらなければならない。

芳絵は長屋門を見つめた。昨日、直之進がいっていたが、このなかに房興が閉じ込められているかもしれないとのことだ。

もしそれが事実ならば、忍び込んで房興を救い出すのは自分の役目である。自分以外、ほかの誰がやれるというのだろう。

本当は、昨夜のうちにここへと来たかった。だが、せっかく仁埜丞の看護のために来てくれたおきくが、泊まり込む支度はしてきておらず、一度、家に帰ってしまったのだ。

今朝会ったときには、泊まり込んでもいいようにいろいろと持ってきたようだが、昨夜は仁埜丞を一人にするわけにはいかず、芳絵はじりじりとする気持ちを抑えつつ、房興の家にとどまっていたのである。

仁埜丞の剣の腕は尋常でなく、人柄も温和で大事な人ではあるのだが、芳絵にとっては、房興のほうがより大切なのだ。

なんとしても房興を救い出したい。この手でぎゅっと抱き締めたい。

房興が生きていることを、芳絵は微塵《みじん》も疑っていない。房興が死ぬというのは、芳絵のなかではあり得ないことなのである。

今日は、と思った。もう後顧《こうこ》の憂《うれ》いはない。おきくという娘は直之進の許嫁とのことだが、とても素直そうな娘だった。自分とはまったくちがう。刀など握ったことも、振ったこともないだろう。もちろん、やくざ者の用心棒になったことなど、あるはずがない。

まともな暮らしを営んできた娘なのだ。直之進が惹《ひ》かれるのもよくわかる。きれいな顔立ちをしていたが、そのことだけに直之進は惚れたわけではあるまい。

幸せになるのが、生まれつき決まっているような娘に思えた。伴侶《はんりょ》が直之進ならば文句はないだろう。

おや、と芳絵は目を凝らした。なにか屋敷内で動きがあるのが感じられる。いま刻限は五つ半過ぎだろう。ということは、石添兵太夫が出仕するのではあるまいか。

門がひらき、一挺の駕籠が出てきた。供の者は、二十人は優に超えている。宗篤づきの側近として尾張からやってきて、なかなかの勢威といってよい。

駕籠を中心にした一行は、道を西に向かいはじめた。芳絵は木陰に身を隠したまま、懐から一枚の人相書を取り出した。それと供侍たちとを見比べる。

一人一人ちゃんと確かめてみたが、人相書の侍は供にはいなかった。

この人相書は、房興が員弁兜太に連れ去られたとき、その暴挙に荷担していた侍の一人のものである。顔を忘れないうちに、芳絵は自ら絵筆をとり、人相書を描いたのである。

この人相書の侍は、兵太夫の家臣ではなかったのだろうか。

芳絵は首をひねったが、考えてみれば、顔を見られたかもしれない者を、外に出すはずがない。あの若い侍は、きっと屋敷内にいるのではないだろうか。

芳絵は行列をじっと見ていた。つけていこうか、と思ったが、どうせ土井家の上屋敷に行くに決まっているのだ。芳絵は見送ることにしたが、知らないうちに刀の鯉口を切っていることに気づいた。唇もきつく嚙んでいた。兵太夫のことが憎くてならないのだ。

昨日の直之進の話では、真興の行列が員弁に斬り込まれたという。

もし自分があの行列に向かって斬り込んだら、どうなるだろう。

供侍は腕の立ちそうな者ばかりだが、不意を突けばなんとかなるのではあるまいか。だが、石添兵太夫を殺しても、房興を必ず救い出せるということでもないだろう。

屋敷を調べるのは、今が好機なのではないか。屋敷の人数は減っているはずだ。警護の目を盗むことは、さほどむずかしいことではないはずである。

――よし、行こう。

芳絵は木陰を出た。このまま屋敷の裏手に回るつもりである。

兵太夫の屋敷の両隣は武家屋敷が建っていたが、裏手にはなにもなく、こちらは一筋の川が流れているだけだ。遠くに数軒の百姓家がかたまっているのが望めるほかには、畑や林、野原が広がっているに過ぎない。

ずいぶんと、のんびりとした村である。太陽が昇り、陽射しが大気を溶かしはじめたとはいえ、まだひどく寒いのに、鳶《とんび》がゆるやかに上空を舞っている。

風はほとんどないが、あの高さではさぞ冷えるのではあるまいか。鳶は、寒さを感じないのだろうか。もしそうならば、うらやましいことだ。

それでも、四半刻ほど前とはだいぶちがう。確実にあたたかくなってきている。腰からは少しだけだが、重さが取れた。指のかじかみは相変わらずだが、よほどのことがない限り、刀を使うようなことにはなるまい。足のじんじんした痛みは、ほぼなくなっている。

これなら大丈夫だ。

確信した芳絵は袴の裾をからげ、下げ緒で襷《たすき》がけをした。髪は、はなからうしろでまとめてある。

塀際に行き、あたりに人影がないのを確かめるや、さっと跳躍した。塀は七尺ほどの高さがあり、手は届かなかった。何度かぴょんぴょんと繰り返したが、まったく無駄だった。

仕方なく下げ緒をほどき、刀に結びつけた。刀を塀に立てかけ、鍔《つば》の上に乗る。塀の上に乗り、手のうちに握っていた下げ緒で刀をつり上げ、手元に引き寄せた。

眼下の庭に誰もいないことを見て取り、刀を手に飛び降りた。すぐさま横に跳んで、木陰に身を寄せる。屋敷のどこからも見えないのを確認し、再び下げ緒で襷がけをはじめた。

なにをするにしても段取りは昔から下手だ。まったくうまくならない。塀の上に手が届かないのは、一目瞭然なのだから、最初に下げ緒で襷がけをするべきではないのである。こういう頭の働きが、幼い頃からまったくできない。

十間ほど先に母屋《おもや》が見えている。あのなかに房興がいるかもしれないと思うと、胸がどきどきした。

いま助け出してあげますから、待っていてくださいね。

芳絵はあたりに人けがないのを確かめて、木陰を出た。かしましく飛び回る鳥たちの鳴き声が頭上から降ってくる。足音は立てていないが、鳥たちが物音を消す力を貸してくれているように感じる。天はあたたかく見守ってくれているのではあるまいか。

これはうまくいくのではないか。きっと房興に会える。

芳絵は母屋に走り寄り、片膝をついた。目の前には濡縁《ぬれえん》があり、その奥は腰高障子が閉まっている。濡縁には沓脱が設けられているが、履物は置かれていない。

芳絵は腰高障子の引手に手をかけた。奥の座敷に人けがないのは、わかっている。そっとあけた。

八畳間である。きれいな畳が敷かれていた。いいにおいがする。替えてから、そんなにときはたっていないのだろう。

床の間には、一輪の花が生けられていた。座敷の端に文机《ふづくえ》が置かれており、一冊の薄っぺらな書物がのっていた。

芳絵は草履を履いたまま、八畳間にあがった。ゆっくりと部屋を突っ切る。草履についていた土が畳の上に落ちているのに気づいた。草履を脱いで懐にしまい、芳絵は細かい土を次々に拾いあげた。この屋敷に誰かが入り込んだことは覚らせないほうがいい。どんな小さな痕跡も残さないほうがいいに決まっている。

畳をきれいにした芳絵は、次の間につながっているはずの襖《ふすま》をあけようとした。

ふと、足音が聞こえてきた。襖の向こう側は座敷ではなく、廊下のようだ。足音の主がこの座敷にやってくるような気がして、芳絵はうしろに下がった。床《とこ》の間《ま》に入り込み、壁に背中をぴたりと当てる。

ちょうどそのとき襖が横に滑る音がし、気配がするりと入ってきた。

「うむ、これでよかろう」

一人の若い侍だった。文机の前に立ち、書物を取り上げた。顔は見えないが、房興をかどわかす際、員弁兜太の手助けをした侍ではあるまいか。顔を見たかったが、これ以上身を乗り出しては、気づかれるだろう。

かまわないか。襲いかかって気絶させればよい。そうすれば、存分に顔を見られる。

芳絵は飛びかかろうとしたが、侍がつぶやいた言葉に我に返り、かろうじてとどまった。

「まったく贅沢《ぜいたく》な野郎だ。本が読みたいなどと、よくいえたものだな。馬鹿なのか、度胸があるのか……」

これは、房興のことをいっているのではあるまいか。房興が書物を所望したのではないだろうか。

ということは、と芳絵は思った。この侍のあとをつけていけば、房興のもとに連れていってもらえるということだ。

侍がなにも気づかずに座敷を出て、襖を閉める。芳絵は足音が遠ざかってゆくのを確かめて、襖をあけた。

そのとき、廊下を挟んだ向こう側の襖もあいた。一人の侍が、襖のあいだから顔をのぞかせている。まともに目が合った。

芳絵はにこりと笑った。これは誰だという顔で、不思議そうに侍が見返してくる。

芳絵は静かに襖を閉めた。うしろに下がり、だっと座敷から逃げ出す。草履を履くのももどかしかった。そのあたりは育ちだろうか、足袋《たび》のまま土に触れたくない。

背後の襖があいたのがわかった。芳絵は濡縁から飛び降り、庭を突っ切り、樹間に飛び込んだ。思い切り走り続ける。

ぐんぐんと近づいてきた塀に向かって跳躍する。手がかかったと思った瞬間、がん、と顔に強烈な衝撃を受けた。顔がまともに塀にぶつかったのだ。

芳絵はばたりと仰向けに地面に倒れた。

顔が痛くて動けない。

――なんというへまを。

だが、その思いも薄れてゆく。気が遠くなっているのだ。

このままでは捕まってしまう。早く起きなければ。

だが、体の自由がきかない。

うーん、といううなり声を芳絵は耳にした。それが自分の声だと知ったとき、急に目の前が真っ暗になって、なにもわからなくなった。

芳絵が最後に目にしたのは、駆け寄ってくる一つの影だった。

第三章

一

あぐらをかいた。

尻がひんやりとする。

「おい」

兜太は、がっちりとした格子《こうし》に向かって声をかけた。なかは暗く、かろうじて奥に人影がうずくまっているのが見えるだけだ。顔をしかめたくなるような大小便のにおいが籠もっている。まだ冬だからいいが、これがもし夏だったら、たまらないだろう。

「寒いな。生きているか」

眠っているのか、影に動きはなかったが、やがて犬のようにむくりと首をもたげ、四つん這いになって、のそのそと出てきた。格子に顔を寄せ、じっと目を光らせる。ひげ面に加え、頬がこけたせいもあるのか、瞳が余計にぎらついているように見えた。

こんなふうになっても、大名の弟らしい容姿や端整さがいまだにはっきりと残っているのが兜太には不思議だったが、これこそが育ちや血というものなのだろう。

「書物をねだったそうだな。退屈か」

「殺しに来たのか」

久々に言葉を発したためなのか、喉にひっかかったようなしわがれ声だ。

「そうしたいと思っている者は確かにいる。そのほうが後腐《あとくさ》れがない」

「あの頭巾《ずきん》の者か」

「そういえば、あの男、頭巾姿でおぬしと話をしたらしいな」

「あやつは誰だ」

「言えぬ。頭巾の男から、おぬしに真興殺しの餌《えさ》だということも話したときいたぞ」

房興が格子をぎゅっとつかむ。

「兄上はどうしている」

「さて、どうしているかな」

「生きておられるに決まっている。今もお元気でいらっしゃるはずだ」

「ほう、なぜそう思う」

房興が歯を食いしばり、目を血走らせてにらみつけてきたが、それも一転、あざけるような笑みを見せた。

「きさまらに兄上は殺せぬからだ。人間の格があまりにちがう。きさまらの薄汚い刃は、兄上には決して届かぬ」

そういうことか、と思って兜太は軽く首を振った。

「確かにおぬしのいう通りでな、真興をまだ殺せてはおらぬ。ただし、それが格のちがいのせいだとは思わぬ。この前は、真興の運がよかったに過ぎぬ――」

兜太をさえぎるように、房興が声をしぼり出す。

「この前だと。兄上を襲ったのか」

ああ、と兜太は肯定した。

「江戸に急ぎやってきたやつが上屋敷に入る寸前、狙った」

「だが、しくじったのだな」

房興が決めつける。

あのときの場面が脳裏に浮かんできて、兜太は内心で苦々しげに顔をゆがめた。近づいてきた兜太に気づき、駕籠者がとっさに駕籠を傾けたのである。

刀は駕籠を両断したものの、わずかに真興の肩を傷つけただけに終わった。その後も兜太は追いかけ回したが、真興を仕留めるまでには至らなかった。そこに直之進まで駆けつけてきて、真興殺しはあきらめざるを得なくなった。兜太に、あのとき真興に逃げられたのが格のちがいだったと認める気はない。

「しかし、真興の運のよさも今宵までだ」

「今宵だと」

目をみはり、房興が腰を浮かせた。いやなにおいが発せられ、漂い出てきたが、房興は気づいていないようだ。

「おぬしには昼も夜もないだろうから今がいつなのか、さっぱりわからぬだろうが、日暮れまでまだ三刻ばかりある」

「きさま、なにをするつもりだ」

「策は弄《ろう》さぬ」

きっぱりというと、房興がはっとした。

「きさま、上屋敷に乗り込むつもりだな」

「ほう、そういう手もあったな」

兜太はにやりとしてみせた。

「きさまに兄上は決して殺《や》れぬ」

ふふん、と兜太は馬鹿にした笑いをした。

「必ず殺ってみせよう。首を持ち帰り、うぬに見せてやる」

兜太は懐から、折りたたまれた一枚の紙を取り出した。右手で持ち、ひらひらさせる。

「これがなんだかわかるか」

房興がじっと紙を見る。覚ったようで、むう、とうなり声を放った。

「上屋敷の絵図面だな。きさま、どうやって――」

「たやすいことだ。金さえ積めば、いくらでも手に入る。今の世の中、金がすべてだ」

実際、お栄がどんな算段をして上屋敷の絵図面を入手したか、兜太は知らない。やはり金にものをいわせたのだろう。兵太夫から、まとまった金が出ているようだ。

不意に、お栄の白い裸体が目の前にちらつき、兜太は喉のあたりにうずきを感じた。軽く咳払いする。

「これさえあれば、どこを真興が寝所としているか、一目瞭然よ。真興は今宵死ぬ。ならば、もうおぬしも用なしだ。とっとと殺したほうがよいと、頭巾の男もいっている」

ふっ、と房興がむしろほっとしたような息を吐いた。

「殺すなら早くせよ。こんな座敷牢にいるのは、もう飽いた。寒さにも臭さにも、ほとほと嫌気がさしておる」

兜太は薄い笑いを漏らした。

「うぬにこの臭さがわかるのか。まだ鼻はいかれておらぬようだな。だが、おぬしは殺さぬ。安心せい。今宵、移すことに決まった」

「移すとは、どこに」

「教えたところで、おぬしにはわからぬ。一ついえるのは、ここからさほど離れてはおらぬということだ」

「なぜ移す」

「尻に火がついた。そういうふうに頭巾の男は思っておる」

房興が見つめてきた。

「湯瀬にこの屋敷を突き止められたか」

「湯瀬ではない。女が忍び込んできた」

女、とつぶやいて、房興がはっと気づいた表情になり、顔をしかめた。

「忍び込んできたのが誰か、見当がついたようだな。そうだ、芳絵とかいう、あのじゃじゃ馬だ。あれは、俺にも斬りかかってくるほど気の強い女だ」

「それで芳絵どのはどうした」

「さて、どうしたのかな。気になるか。あの娘はうぬに惚れておるようだな。うぬのほうはどうなのだ」

房興はなにもいわない。兜太も別に答えを期待していたわけではない。あぐらをかいたまま腕組みをする。

「あのじゃじゃ馬はとっ捕まえて、頭巾の男に与えた。もてあそんだ上で、もう殺しただろう。死骸は空井戸にでも投げ込んだのではないか」

「嘘だな」

房興が断言する。

「なぜ嘘だと思う」

「尻に火がついた頭巾の男に、芳絵どのをもてあそぶだけの余裕があるはずがない」

　確かにその通りだな、と兜太は思った。兵太夫は存外に気が小さい。

「逃がしたのではないか」

　房興の目が希望の光に彩られる。

「わしがいたのだぞ。あんな小娘、逃がすと思うか」

　房興が黙り込む。

「ところでうぬ、飯は食っているのか」

　兜太は話題を変えた。房興は兜太を見つめているだけで、答えない。

「男子たる者、どんなときでも食うべきだ。肝心なとき、動けなくなるゆえな」

「食べている」

　房興がぼそりという。兜太はうなずいた。

「よい心がけだ。――今夜ここに迎えが来る。よいか。その者たちの手をわずらわせることなく、いうことを聞け。もしあらがうようなことがあれば、必ず痛い目に遭わされよう。承知か」

　答えを聞くことなく、兜太は腰を上げると体をひるがえした。

「芳絵どのはどうした」

背中に声がかかる。

「安心しろ。あの女は逃げた」

「まことか」

「嘘をついてもはじまらぬ」

兜太はさっと襖をあけ、即座に閉めた。廊下をずんずんと歩く。

濡縁《ぬれえん》が設けられているところは日が射しこんで、ずいぶんと明るく、目が痛いくらいだ。

ふん、尻に火がついたか。

歩を進めつつ兜太はそんなことを思ったが、自身は別段、焦っているわけではない。

兵太夫は平静を装ってはいるものの、なんとかしなければという気持ちが面に浮き出ている。今朝、自分が出仕した直後、芳絵が屋敷に忍び込んできたのがよほどこたえているようだ。いや、忍び込まれたことではなく、逃げられたことか。

忍び込んできた芳絵は塀を乗り越えて逃げ去ったのである。石添家の家臣によると、逃げるのに手助けした者がいたのかもしれないとのことだが、それは直之進ではあるまいか。直之進がいたにしろいなかったにしろ、この家の者は芳絵を取り逃がしたのである。

その頃、兜太はお栄の家にいた。この屋敷に戻ってきたのは昼前である。屋敷を張っているような監視の目は感じなかったから、そのまま表門から入ったが、姿を見られただろうか。

いや、見られてはおるまい。兜太には確信がある。芳絵が目をつけたのならば、当然、直之進もこの屋敷を注視していよう。だが、今日の昼過ぎに視線を感じなかったということは、少なくともそのときは、直之進はこの場にいなかったということだ。

だが、今はもう張りついているにちがいない。芳絵から話を聞いて房興がここに監禁されているという確信を抱き、今宵にでも忍び込んでくるかもしれない。

陽のあるうちは来るまい。大勢の者が就寝する深夜を待つつもりでいるはずだ。房興が生きて監禁されていることを芳絵から伝えられた直之進は、無理に押し込んだりすれば、房興が殺されかねないと知っているのだ。

やはり房興を殺すわけにはいかぬな、と兜太は思った。人質として、十分に使い道があるのだ。

直之進がこの屋敷のそばにいるのなら、和四郎とかいう手下のような男も一緒のはずだ。直之進が表を張り、和四郎が裏手を受け持っているのか。それとも逆だろうか。

濡縁で足を止め、兜太は外の気配を嗅いでみた。直之進が近くにいるような感じは一切ない。だが、意外に近くにいても、あれだけの手練《てだれ》が気息《きそく》を殺してひそんでいたら、居場所を覚ることなどまずできない。

だが、もしあの男が隙を見せるようなことがあれば、その瞬間を見逃すことなく屠《ほふ》ってやる。

いや、やめておこう。兜太は思い直した。二兎《にと》を追う者は一兎《いっと》をも得ずということわざもある。今は真興を殺すことに専心すべきだ。直之進がこの屋敷を張り、深更《しんこう》に忍び込みを敢行しようと考えているのならば、むしろ好都合である。やつが真興のそばにいないことになるからだ。

兜太がこの屋敷を出るのは、夜が更けてからである。直之進も夜目《よめ》が利《き》くようだが、こちらは闇に姿を溶け込ませるすべを心得ている。やつに覚れるはずがない。

まだ予定の刻限までだいぶ間がある。兜太はしばらく眠るつもりだった。直之進も深夜に備え、ひそかに休みをとっているかもしれない。

兜太は、兵太夫から与えられている部屋に戻り、敷きっぱなしの布団に横になった。目をつむると、またも、ほどよく引き締まったお栄の裸体が浮かんできた。どうやらあの女にたぶらかされたようだ。このままでは腑抜《ふぬ》けになってしまう。お栄のことを忘れなければ、員弁兜太という男はこの世から消えることになるのではないか。

お栄はただの女ではない。

あの身のこなしや覚悟から察するに、深入りすると危ない気がする。

用心せずばなるまい。

兜太は自らに言い聞かせた。


むくりと起き上がった。

部屋は真っ暗である。起き抜けにもかかわらず、兜太は空腹を感じた。なにか腹に入れたいが、どうやらその暇はなさそうだ。廊下をやってくる足音が聞こえたからだ。あの落ち着きのない歩き方は、心にゆとりがないゆえだろう。

「員弁、刻限だ」

からりと音を立てて、襖があいた。手燭《てしょく》の炎が揺れている。それが部屋のなかに差し出される。一瞬、兵太夫は確かに明かりの輪のなかに、兜太の姿を認めたはずである。

「あっ」

兵太夫が狼狽の声を上げる。

「ここよ」

兜太は兵太夫の背中に声をかけた。はっと兵太夫が振り返る。間近に兜太が立っていることを知り、愕然《がくぜん》とした。

「い、いつの間に」

「わしが闇に紛れることができるのを忘れたか」

「いや、もちろん知っているが、それにしても相変わらずすさまじい技だな」

兜太は笑いかけた。

「道場時代を思い出すか。あの頃のわしは闇隠れを会得しておらなかったし、稽古をしたのは昼間だったが、おぬしはわしにうしろを取られてばかりいたな」

兵太夫が少しいやな顔をした。

「わしにはどうしてもおぬしの動きが見えなかった。打ち込まれる竹刀をなんとかよけるのが精一杯で、姿を追うことなどできなかった。おぬしは強かった。あのあとすぐ剣術指南役まで登り詰めたのは当然のことだな」

兵太夫が追従《ついしょう》をいい、やや卑屈な笑みを浮かべる。この男がこんな言葉を吐き、このような顔をするなど、やはりだいぶ追い込まれているのだろう。

なにをそんなに気をもんでいるのか、兜太にはさっぱりわからない。別に、直之進たちにしっぽをつかまれたわけではないのである。ちょっと歯車がおかしくなっているに過ぎない。それを修正してやればいいだけの話だ。その手立てが、今宵真興を沼里の上屋敷において闇討ちすることなのである。真興を殺してしまえば、あとは房興を始末するだけだ。

「おぬしの口添えが最も大きかった。ところで、いま何刻だ」

兜太はたずねた。

「じき四つの鐘が鳴ろう」

知らないうちに、けっこう眠ったことになる。腹が減っているのも当たり前だ。

「手はずはととのえたか」

兜太がきくと、兵太夫が深くうなずいた。

「むろん」

「近くに湯瀬直之進がいるかもしれんぞ。決して油断すな」

「承知している。先におぬしが出るか」

「いや、わしはあとからだ。そのほうがよかろう。石添、まずはしっかりやれ」

「うむ、任せておけ」

兵太夫が力強く答えた。

兜太は兵太夫の肩を叩き、一人、廊下を歩きはじめた。

二

闇に沈んでいる。

明かりなど一切ついていない目の前の屋敷に、果たして兜太がいるのかどうか。いや、いないはずがなかった。

刻限は四つに近いだろう。寒い。今夜もひどい冷え込み方である。朝にはどんなに寒くなっていることか。空には星が無数に瞬《またた》いている。雲は北のほうに小さなかたまりが浮いているだけだから、このあいだのように雪にはならないだろうが、駿河《するが》のような暖国の出の者には、江戸の寒さはやはりきつい。

だが、房興のことを考えれば、寒いなどといってはいられない。もっと劣悪な場所に、捨て置かれるように監禁されているはずだからだ。

かじかむ指をひたすら動かし、血のめぐりをよくする。足先が痛いが、足踏みをするわけにはいかない。そんなことをすれば、兜太に気配を覚られるだろう。

鐘の音が風に乗り、どこからか聞こえてきた。まず捨て鐘が三つ鳴らされ、それから四つ、鐘が打たれた。

四つか、と直之進は裏門を見つめた。なかで動きらしいものは感じられない。兜太が発しているらしい気配はないが、来たときに感じた石添屋敷を覆う重い雲のような雰囲気はまったく取れていない。そうである以上、兜太はこの屋敷にいるのだ。

芳絵は大丈夫だろうか。直之進は案じたものの、心配するには及ぶまい、とすぐに思い直した。元気がよすぎて、今頃おきくを手こずらせているのではあるまいか。

石添屋敷に単身で忍び込んだはいいものの、家臣に見つかって逃げる際、塀に正面からぶつかって気を失ったところを担ぎ上げ、塀を乗り越えさせたのは直之進である。一緒にいた和四郎が手際よく手伝ってくれたおかげで、石添家の家臣の目には、ほとんど触れなかったはずだ。

仁埜丞の見舞いをそこそこに切り上げ、あとを追って石添屋敷の近くまでやってきた直之進だったが、芳絵は見つからなかった。やはり忍び込んだのではないか、という危惧が心を占め、屋敷をめぐる塀を見つめたとき、屋敷の裏手で気配が動いたのを覚った。

芳絵が屋敷の者に見つかったのではないか、と直感した直之進が即座にそちらに回ったとき、屋敷内からかすかな足音が聞こえ、塀の内側になにかが激しくぶつかった。ばたりと体が倒れるような物音が聞こえ、かすかに女のうめき声が耳に届いた。芳絵だ、と直之進は覚った。

芳絵の身になにが起きたのか判然としなかったが、なにかあったのはまちがいなく、直之進はためらうことなく塀を乗り越えた。和四郎がうしろに続いた。

捜すまでもなく、土の上に仰向けに倒れている芳絵の姿が木々のあいだに見えた。直之進は駆け寄り、気を失っている芳絵をのぞき込んだ。

額にこぶができ、ひどく腫れ上がっていた。近くに石添家の家臣が見当たらないことから、ここまで一人で逃げてきたものの、塀を乗り越えようとして、芳絵は自ら額をひどくぶつけてしまったらしい。

なんともこの娘らしいというべきか。だが、そんな感慨を抱いている暇はなく、直之進は和四郎とともに芳絵を屋敷外に担ぎ出した。

落ち着いて手当ができるところがいいだろうとの判断のもと、芳絵を房興の家に運び込んだ。この家ならば、おきくもいる。仁埜丞の傷を診てくれている医者に来てもらい、芳絵の手当を頼んだ。

直之進にも、芳絵の傷が命に別状のないものであるのはわかっていたが、やはり頭を打ったのは怖い。芳絵の怪我を診た医者が、二、三日安静にしていれば大丈夫でしょう、すぐにもとの暮らしに戻れますよ、といったときには、心の底から安堵を覚えた。

手当が終わり、医者が去ってしばらくしたのち、芳絵は目を覚ました。最初はどこにいるのかわからない風情で、あわてて起き上がろうとして顔をしかめていたが、自分が布団に寝かされ、そばで直之進やおきくが見守っているのを目の当たりにして、なにが起きたのか、ようやく納得したようだ。

直之進さんが助け出してくれたの、と小さな声で問うてきたので、直之進は和四郎と二人で石添屋敷から担ぎ出したと語った。頭に晒しが厚く巻かれていることで、すでに医者の手当てが終わっていることも、芳絵は知った。

　芳絵どの、無茶はいかんぞ、あんなことをしたら房興さまの命を縮める恐れだってあるのだ、と直之進はきつくたしなめた。芳絵は、ごめんなさい、浅慮でしたと反省を口にしたが、負ったばかりの頭の怪我もろくに治らないうちに、また同じことを繰り返すのではないかという危惧はぬぐえない。

　懲りないというのではなく、今回のしくじりを、なんとか今度こそは取り返そうとするたちなのである。それでまた、まわりを窮地に追い込んでゆく。

　だからといって、直之進はいつまでも芳絵のそばにいるわけにはいかなかった。石添屋敷に取って返さないとならないのだ。

　直之進のその心の動きを読んだのか、芳絵が、房興さんはまちがいなくあの屋敷で生きていらっしゃいます、と叫ぶようにいったのだ。大きな声を発したことで頭に痛みが走ったようで、芳絵は目をぎゅっと閉じて耐えていたが、大丈夫か、と案じた直之進に目を大きくひらいてみせ、石添家の家臣が書物を手に口にした言葉を伝えてきたのである。

　まったく贅沢な野郎だ。書物を読みたいなどと、よくいえたものだな。馬鹿なのか、度胸があるのか。

そう耳にしたという芳絵のいう通り、書物を欲したのは房興の公算が大きい。直之進も、やはり房興さまは生きていらっしゃると喜びを抱いた。房興が書物を頼んだのは、無聊《ぶりよう》を慰《なぐさ》めたいというより、いつ殺されるかわからない恐怖や、これからどうなるのか知れない不安を紛らわせたいという思いからだろう。

とにかく、と直之進は思った。房興さまが監禁されているのはあの屋敷だ。

もはや疑いようがなかった。

直之進は芳絵に、おとなしくしているのだぞ、と強い口調であらためていった。芳絵は、はい、と殊勝に答えたが、これまでの行状が行状だけに、陰でおきくに、できるだけあの娘から目を離さぬように直之進は頼んだ。

頼んだからといって、おきくに芳絵の行動を阻止できるはずもない。気休めも同然であり、芳絵から目を離さないようにすることが重荷にならないように、直之進はおきくにもその旨を伝えた。

そのあと、和四郎とともに再び石添屋敷にやってきた。そのときには、とうに昼を回っていた。

すぐにでも石添屋敷に乗り込んでもよいと考えていた直之進だったが、その意気込みに待ったをかけたのは、屋敷を覆う重い大気だった。

直之進たちが芳絵を連れ出す前とは、雰囲気が一変していた。この屋敷を離れているあいだに、いったいなにがあったのか。

考えられるのは一つである。留守にしていた員弁兜太が戻ってきたのではないか。

兜太がいるのでは、いきなり屋敷に乗り込むわけにはいかなくなった。なにも策がないまま闇雲に押し込んだところで、返り討ちに遭うだけである。屋敷内は敵地なのだ。

命が惜しいわけではないが、いま自分が死んでしまっては、房興を救い出す者がいなくなってしまう。

それに、一気に乗り込むような真似をしたら、房興が殺されてしまうかもしれない。兜太にとって、房興は大事な人質である。房興を生かしているあいだは、直之進が屋敷に押し込んでくることはないと踏んでいるのではあるまいか。ということは、と直之進は判断した。こちらが押し込まない限り、房興さまが弑《しい》されることはまずあるまい。

和四郎と話し合い、結局、直之進たちは深夜を待つことになった。深更に忍び込んでくることは兜太も承知の上だろうし、向こうには闇に隠れるという厄介な剣があるが、それでも自分たちが闇に紛れれば、兜太の目をくらますことはできぬことではないだろう。兜太の目を逃れることができれば、房興を救い出す機会も訪れるのではないか。

和四郎が表を張り、直之進は裏手に回ることになった。直之進は十間ほど離れたところにある小さな社《やしろ》の境内に身をひそめた。

木々の影がさほど濃くない境内は、陽射しが降り注いで昼間はかなりあたたかかったが、日が暮れてからは風が出てきて急速に寒くなった。熱い蕎麦切りでも腹に入れたらどんなにうまかろうと思ったが、それも房興のことを考えてこらえた。和四郎だって同じように空腹を抱えているだろうに、じっと耐えてくれているのである。

そのとき、ふと屋敷内の気配が動いた。寒さを忘れて直之進は腰を落とし、闇のなかにうっすらと浮かぶ裏門を見つめた。早く乗れ、と抑えてはいるが荒々しい声がし、そのあと人が発する物音が次々に響いてきた。

裏門があき、駕籠が出てきた。権門《けんもん》駕籠である。駕籠を持つ六尺《ろくしゃく》のほかに、十数人の供がついている。提灯が明々《あかあか》と灯され、一行の足元を淡く照らしている。

直之進が見守るうち、駕籠は道を南に取りはじめた。物音を聞きつけて、和四郎がやってきた。なにかあれば、互いにそちらに駆けつけるという取り決めをしてあった。

「早く乗れ、という声が聞こえましたが、あの駕籠に房興さまが乗っていらっしゃるのでしょうか」

直之進は迷った。居場所を知られた以上、房興を屋敷からよそに移すということは、もちろん考えられないではない。駕籠の主は房興であると考えるのが自然だろうが、屋敷からはいまだに重たい暗雲は取り払われていないのだ。

これは、屋敷には兜太が居残っていることを意味しているのだろう。大事な人質である房興を移すというときに、兜太が供につかぬなどということがあり得るのだろうか。

あの駕籠に、房興さまはお乗りになっているのか。斬り込み、駕籠をあらためるべきか。兜太が駕籠についていないのなら、それはむずかしいことではない。

駕籠が角を曲がり、一行はすでに最後尾も見えなくなりつつある。提灯の余韻《よいん》が、路上にわずかに残されているだけだ。

お乗りになっておらぬ。直之進は結論づけた。あれは、目くらましに過ぎぬ。

だが、このまま見過ごすわけにもいかぬ。

「和四郎どの、駕籠を追ってくれ。俺は気になることがあるゆえ、ここにとどまる」

「承知いたしました」

直之進の気にしているのがなんなのか、心に引っかかったはずだが、なにもたずねることなく和四郎は闇に姿を紛らせていった。

直之進はその場に立ち、和四郎を見送った。屋敷の表側に回ろうかと考えたとき、屋敷を覆っていた重い大気が、霧が晴れるようにさあっと取れた。

兜太が屋敷を離れたのではないか。

どこだ。顔を回した直之進は屋敷の右手だと見当をつけ、そちらに走り出した。足音を立てず、気息を殺すことを忘れない。すでに鯉口は切っている。

屋敷の右手には、門など設けられていない。兜太は、おそらく塀を乗り越えたのだろう。

いつ斬りかかられてもすぐさま応じられるように、兜太の気配が発せられたと思える場所に、直之進は慎重にやってきた。

二十間ほど先の闇に、足早に道を遠ざかってゆく背中を見つけた。がっしりとした背中に見覚えがある。まちがいなく員弁兜太だ。

直之進は足音を忍ばせて追いかけた。距離が徐々に詰まってゆく。兜太ほどの手練が直之進に気づいていないはずがないが、ゆったりと歩いている。

あと五間ほどまで迫ったが、まだ兜太は気づいたそぶりを見せない。このまま斬り殺せるのではないか。そんなことを思ったら、直之進はどうしてか心の臓がどきどきしてきた。

さらに足を進める。もはやあと三間しかない。鼻歌らしいものが聞こえてきた。どうしてこんなにのんびりしているのか。わけがわからないが、とにかくこちらに気づいていないようなのだ。ここで兜太を殺したところで、房興が殺害されるようなことはまずないだろう。

――殺《や》れる。直之進は確信し、刀を引き抜こうとした。鼓動は最高潮に達している。

そのとき、兜太がくるりと振り返った。隻眼を細め、こちらをじっと見る。おっ、という顔になり、泡を食ったようにいきなり駆け出した。

かまわず直之進は抜き打ちに斬りかかった。必殺の斬撃が、兜太の背中に吸い込まれてゆく。やったと思ったが、刀はどうしてか空《くう》を切っていた。兜太はぎりぎりで横に跳び、直之進の刀をよけてみせたのだ。

くっ。直之進は唇を噛み、刀を構え直した。もう一度刀を振るおうとしたが、その瞬間、呆然とすることになった。兜太の姿がかき消えていたのである。闇に隠れられたのだ。

やつは襲ってくるのか。

腰を落とした直之進はあたりに目を配り、耳をそばだてた。どんな些細な動きも見逃す気はなく、聞き逃すつもりもなかった。

どのくらいじっとしていたものか。風が道を掃いていった。舞い上がった砂埃が激しく顔に当たり、頬や額が痛い。目にも少し砂が入った。それでも油断することなく、直之進は刀を構えていた。

また風が吹き、それを合図にしたかのように野良犬があらわれた。直之進をじっと見ていたが、くーんと鼻を鳴らすと、風に尻を押されるように闇の向こうに去っていった。

ふう、と直之進は大きく息をついた。相変わらずどこからも物音は発せられず、殺気はまったく感じられない。兜太らしい気配は、近くには一切ない。いっそう強くなった風が、あたりの木々を揺さぶり、梢を騒がせているだけである。

やつは去ったのか。

そう考えるしかない。

やつがもしそばにいるのなら、先ほどの犬の様子がもっとおかしくなくてはならぬ。

どこへ行ったのか。

直之進ははっとした。

まさか今のは陽動ではあるまいな。まちがいなく陽動だろう。俺はやつらの策にまんまと引っかかったのだ。

直之進は地面を蹴った。走りつつ、頭をめぐらせる。

最初に屋敷を出てきたあの駕籠。あれにやはり房興は乗っていなかったのであろう。

それでも、直之進としては和四郎を尾行させざるを得なかった。それで、和四郎がまず石添屋敷から引き離された。次にわざと兜太が気配をあらわにし、直之進を引きつけた。その隙に本物の房興が駕籠に乗せられるかして、屋敷から連れ去られた。

こういう筋書だろうか。

だが、まだそんなに遠くには行っていまい。

直之進は石添屋敷の周辺の気配を嗅ぎ、走り回った。駕籠や人間が発する音が聞こえぬものか、耳を澄ませてみた。

だが、いずれも徒労に終わった。房興を乗せた駕籠を見つけることはできなかった。実際、房興が駕籠に乗せられたかどうかもはっきりしない。

直之進はその場に立ち尽くした。耳を打ってゆくのは、激しく吹く風の音だけである。

――やられた。

芳絵に対し、えらそうにいった自分がこのざまだ。

兜太はいったいどこに消えたのか。

気になる。さっきはこの俺を殺るのに、恰好の機会ではなかったのか。深い闇にすさぶ風。気配を紛らせるのには、絶好だったはずだ。だが、やつはそれをしなかった。

なにか別の目的があったということか。この俺を殺すよりももっと大事な目的があったのか。同時に二つの目的を達することはむずかしい。だから、それを避け、俺のほうは捨てたのか。

——まさか。

直之進は顔を上げ、神田小川町のほうを見た。

——まずい。

闇に向かい、一目散に駆け出した。

三

塀を乗り越えた。

長屋門が切れ、高さが低くなっているところである。こういうところは、乗り越えるのに造作もない。

それに、風が強いから、気配を消すのは楽なものだ。

兜太は庭に降り立った。

闇のなか、くっきりと母屋が望める。あの建物の奥の一角を、真興は寝所にしている。

むん。兜太はおのれに気合を入れた。これでもう大丈夫だ。わしの姿は闇に隠れている。これでもう誰の目にも触れることはない。龕灯《がんどう》のような強い光以外、自分の影を浮かび上がらせることはできない。

兜太は躊躇なく進んでいった。

沼里家の上屋敷は静かなものだ。どこからも物音は聞こえてこない。本来は真興の在国の時期だけに、上屋敷にあまり人はいないのである。勤番侍たちが使う長屋から、豪快ないびきが響いてくることもない。吹きすさぶ風におびえたのか、それとも兜太の気配を敏感に感じ取ったのか、馬のいななきが聞こえてきた。真興の乗馬だろうか。

上屋敷の絵図は、持ってきていない。すでに全部、頭に入っている。

兜太はなおも進み、奥御殿までやってきた。

真興が政務を執る表御殿とはひと続きではあるが、区切りはつけられている。この建物に真興の寝所はある。忍び込む前、兜太はこの上屋敷を見張っている者に話を聞いたが、昼間、真興は老中首座に会いに行ったあと、房興捜しの指揮に全力を尽くしたようだ。

結局、房興に関してなにも手がかりは得られず、むなしく上屋敷に引き上げてきたそうである。やはり、頼りになるのは直之進のみということだろう。そのことを今日、真興は痛感したのではあるまいか。家臣の数は多いといっても、本当に心利《き》く者は少ないのだ。

なんにしろ、真興は今も上屋敷にいるのだ。今日の探索が駄目だったからといって、それであきらめるような男ではない。今日の疲れを取り去り、明日の活力を得るために、しっかり睡眠をとっているにちがいないのだ。

兜太は、奥御殿にするりと上がり込んだ。ここは正室や側室が暮らす建物だが、真興にはまだ正室はいないし、側室も置いていない。夜の相手をする者がいないのならば、表御殿で眠ってもよいはずだが、夜になると、真興は必ず奥御殿にやってくるのだそうだ。これにどういう意図があるのかはっきりとはわからないが、推察するに、自分なりにけじめをつけているといったところか。夜と昼間の切り替えをしているのではあるまいか。仕事は表御殿で行い、休息は奥御殿で取る。

兜太は奥御殿内から、すぐさま庭に降りた。そのほうがほとんどなんの邪魔もなく、真興の寝所まで行けることがわかっている。

兜太は、頭にある絵図面の通りに足を進めていった。

小さな茂みの陰で立ち止まる。

——あそこか。

闇の向こうに、うっすらと外廊下が見えている。宿直《とのい》らしい者が二人、互いに一間ほどの距離をあけて座り込んでいる。

宿直が背にしている襖の向こうで、真興は眠っているはずだ。兜太の立っている茂みの陰から真興の部屋まで、七間ほどある。外廊下には緑青の施された鉄製の吊灯籠が下がっていて、灯りがちろちろと揺らめいている。

兜太は神経を集中し、部屋に人がいるかどうか、確かめた。

にやりと笑いが漏れ出る。規則正しい寝息が感じ取れたのだ。

女はいないようだ。部屋にいるのは、ただの一人である。いかにも真興らしい。家督を継ぐ前は遊郭に行くなど遊び回っていたという話を聞いたが、沼里のあるじになってからは自らを厳しく律しているらしい。

よし、行くぞ。

兜太は刀の鯉口を切り、外廊下の前に進んでいった。ほんの二間まで近づいたのに、二人の宿直は兜太に気づかない。

それも無理はあるまい。燭台の明かりがあるとはいえ、二人には兜太の姿が見えていないのだ。直之進ほどの腕があれば覚れようが、目の前の二人にそれを望むのは酷だろう。

だが真興を殺るのには、この二人は邪魔だ。襖をあけずに、真興の部屋に足を踏み入れることはできないからだ。兜太は外廊下に音もなく上がり、横からゆっくりと宿直の二人に近づいていった。

なにか気配を感じたか、一人がこちらを向いた。首をややかしげ、少し不審そうな顔をしている。燭台の炎が揺れ、闇のなかに兜太の姿がちらりと見えたのか、あっ、と声を上げかけた。兜太は拳で思い切り顔を殴りつけ、一瞬で気絶させた。支えを失ったように体がくずおれ、ぐにゃりと倒れこんだ。

同時に足を振り上げ、もう一人の宿直の顎に蹴りを見舞った。がっ、と鈍い音が響いて、宿直は廊下に力なく横たわった。口から泡を吹き、気を失っている。

真興は容赦なく殺すつもりでいるが、他の者の命を奪う気はない。無駄な殺《せっ》生《しょう》は昔からしたことがない。今もその気持ちに変わりはない。

二人の宿直を倒した兜太は、あたりの気配をうかがった。異変を嗅ぎつけて駆けつけてくる者はいない。

兜太はためらうことなく襖をあけた。右側に行灯が一つ、ぽつんと灯され、広い座敷をほの暗く照らしている。座敷は二間続きで、奥に布団が敷いてあった。

布団は人の形に盛り上がっている。すう、すうと規則正しい寝息が耳に届く。

いびきはかいていない。昔、尾張の学者に話を聞いたことがあるが、いびきは熟睡しているように見えて、実は眠りが浅いのだそうだ。真興はぐっすりと眠っているとみてよい。

襖を後ろ手に閉めた兜太は畳の上を滑るように進み、布団の盛り上がりを見下ろす位置にやってきた。ここまで来るのに、妨げになるようなことはなに一つとしてなかった。

覚悟しろ。声を出すことなく呼びかけて兜太は刀を抜いた。行灯の光を浴びて、獣の目のように刀身がぎらつく。兜太は刀を振り上げ、一気に突き刺そうとした。

むっ、と心中で声を上げた。刀が自然に止まる。なにか妙だ。

これはちがうのではないか。布団の盛り上がりが、大きすぎるような気がするのだ。真興は決して小柄なほうではないが、いくらなんでもここまで大きくはないのではないか。

――さては罠か。

いや、そんな気配は感じない。

替え玉が布団にもぐり込んでいるのではないか。

寝息は安らかなままだ。替え玉のくせに、本当に寝入っているのである。沼里家中には、神経の図太い者がいるものだ。

ここまでわざわざやってきたのに、待っていたのが替え玉とは。

なんとも癪《しゃく》に障《さわ》るが、真興でない者を殺しても仕方ない。兜太は刀を引き、うしろにじりじりと下がった。

真興は別の場所にいる。この場を引き上げ、捜さなければならない。早くしないと、直之進がやってくるかもしれない。

兜太が真興の寝所をあとにしようとしたとき、ぅが、といびきのような声がし、不意に寝息が止まった。がばっと布団がはね上げられた。男が上体を起こす。

顔が見えた。ずいぶんと肥えた男だ。丸顔で、真興とは似ても似つかない。兜太が乗り込んでくるかもしれぬことを予期し、真興は備えていたのである。直之進の入れ知恵かもしれない。

替え玉が、襖のそばに立つ兜太に気づくことなく、ぶつぶつとつぶやきはじめた。

「いかん、つい寝入っちまった」

そんな声が耳に入り込んできた。

「布団が上物だけに、どうにも気持ちよすぎるんだな」

替え玉は、ぶんぶんと首を振り出した。眠気を飛ばしているのだ。

「ふう、ちょっとはさっぱりしたかな」

替え玉は、ずいぶんとのんびりとした顔をしている。とても遣い手には見えない。どうしてあんなのが替え玉に選ばれたのか。脅せば、真興の居場所を吐くかもしれない。

替え玉がまた布団に横になった。

むん。兜太は闇隠れの術を解き、刀を右手に下げたまま布団に近づいていった。

気配に気づいたのか、布団が少し持ち上がり、替え玉が顔をのぞかせてこちらを見た。わっ、と声を放ち、意外に素早い身ごなしで立ち上がった。刀を鞘ごと手にしている。つまり、この替え玉は刀を抱いて眠っていたということだ。

こやつはいったい何者なのだろう。兜太が考えたとき、抜刀するや、替え玉が斬りかかってきた。

刀を上段から斬り下げてきた。天井は高く、刀を高々と掲げても刀尖《とうせん》が当たる心配はない。

鋭い斬撃だったが、兜太は軽々と避け、胴へと刀を払っていった。替え玉のでっぷりとした腹は真っ二つに裂け、はらわたが血とともにだらりと垂れ下がるはずだった。

だが、兜太の動きを予期していたかのように替え玉はさっと右に動いて、袈裟懸けに刀を振り下ろしてきた。

よけている暇はなく、兜太は刀で弾くしかなかった。ぎん、と鉄が絡まり合うような音が響き、替え玉がうしろによろけた。そこそこ遣えるものの、ほとんど鍛錬していないのがこのことで知れた。兜太は一気に間合を詰め、刀を上段から見舞っていった。替え玉はまだ体勢を戻しきっていない。兜太の刀が、左肩から右の腰近くまで存分に斬り裂くはずだった。

だが、替え玉はぎりぎりでこれもかわしてみせた。体勢を一瞬で戻し、しゃんとするや突きを繰り出してきたのだ。兜太は顔をそむけることで、なんとかそれを避けた。横に動いて替え玉との距離を取った。刀を構え、兜太は替え玉を見つめた。今は精悍《せいかん》な顔つきになっている。正眼に構えているが、なかなか隙がない。

よろけてみせたのは、明らかに芝居だろう。わざと攻撃を呼び込み、はなからこちらの勢いを利用する形で突きを狙っていたのだ。

場慣れした男だ。用心棒を生業としているのかもしれない。

そういえば、と兜太は思い出した。直之進も用心棒をしていたという話を聞いた。替え玉は、直之進の仲間ということか。直之進が真興の警護を頼んだにちがいない。

ならば、これだけしぶとい剣を遣うのも当然だろう。まさか、こんな男が直之進の身近にいるとは知らなかった。調べが甘かったということだ。

むん。兜太は自らに気合を入れた。

おっ。信じられないといいたげに、替え玉が目をみはる。刀だけ残して、こちらの姿が見えなくなったのだから、それも当たり前だろう。

あまり恐れるふうもなく、剣の正体を見極めようとするかのように、替え玉はまじまじと見つめてきた。少なくとも、闇隠れの剣のことは直之進から聞いて知っている様子ではある。目の当たりにしている今でも、信じがたいのだろう。その気持ちはわからないでもない。

「出合え、出合え」

替え玉がいきなり叫んだ。しばらくのあいだは静かだったが、不意に屋敷内がざわめきたち、いっせいに人が発する物音がまわりから聞こえはじめた。こちらに走り寄ってくる足音がいくつも耳に届く。

「ここだ、殿の寝所だ」

替え玉がなおも叫ぶ。襖があき、いくつもの光が射し込んできた。家臣たちはおのおの龕灯を手にしていた。

光にさらされ、自分の体がくっきりと浮かび上がったのを兜太は覚った。

同時に替え玉が斬り込んできた。それを兜太はかわし、逆胴に刀を持っていったが、替え玉を斬り殺すことはできなかった。替え玉がさっとうしろにはね跳んだからだ。

兜太の背後から、刀を手にした家臣たちが殺到してきた。兜太は目を向けた。殺気をみなぎらせて突っ込んできている。この者たち全員を屠るのは、さしてむずかしいことではない。だが、替え玉がいる。この男は厄介だ。

一人の家臣が突進してきた。だが、悲しいことに兜太から見れば隙だらけだ。

兜太は刀を小さく動かし、家臣の手を切り落とそうとした。

だが、それはあっさりと避けられた。なにっ。兜太は目を見ひらいた。あっという間に間合が詰まる。

――こやつは。

「湯瀬直之進っ」

兜太は叫び、刀を引き戻した。直之進は胴を狙っていた。かろうじて間に合い、刀で受け止めることができた。鍔《つばぜ》迫り合いになる。

「よくここだとわかったな」

笑みを浮かべて兜太はいった。直之進が憎しみに満ちた目でにらみつけてくる。

「観念しろ。もはや逃げられんぞ」

「さて、どうかな」

兜太は全身に力を込め、直之進を押した。

「ええいっ」

直之進を突き放した。直之進がうしろに吹っ飛ぶ。兜太は突進した。直之進が体勢の崩れを戻さぬままに刀を振り下ろしてきた。これもさすがとしかいいようがないほど速い斬撃だったが、兜太は刀で弾き返した。直之進がよろける。

この際だ、ここでこやつを仕留めてやる。

兜太はここぞとばかりに上段から刀を浴びせてゆく。直之進はかろうじて刀で受け止めたが、さらに体勢を崩した。

兜太は刀を横に振った。直之進はそれも受けてみせたが、兜太の斬撃の勢いに負けて刀が流れ、すでに次の攻撃の防御には移れない。

やった、ついに仕留めたぞ。

兜太は存分に刀を振り下ろしていく。この斬撃が直之進の息の根を止めるのだ。

だが、直之進の目におびえの色は一切ない。なぜだ。兜太が考えたそのとき、背中が水をかけられたかのようにさあっと冷えた。背後から刀を振ってきた者がいるのだ。

直之進を殺すことに執念を燃やしすぎて、背中が留守になっていた。あの替え玉だろう。

——まずい。

兜太は横に跳んだ。替え玉の刀が着物を斬り裂く。肌もかすられたかもしれないが、刃は肉には届いていない。

兜太は畳を転がり、さっと立った。刀を構える。いくつもの龕灯が当てられている。光の筋が交錯し、まぶしいくらいだ。

直之進が刀を構えている。冷静な瞳だが、少し悔しげな色ものぞいているか。危うくやつらの罠にはまるところだった。直之進がおとりになり、替え玉が背後から斬り殺す。うまいやり方を考えたものだ。

なんとか罠は逃れたものの、今宵はもうこれ以上は無理だ。兜太は疲れを覚えている。真興を殺すのは、また次ということだ。

わしは決してあきらめぬ。殺すまで狙い続けてやる。

兜太は脇差を引き抜くや、龕灯の群れに向かって投げつけた。家臣たちが二つに割れた。すっぽりと穴ができたところを兜太は一気に駆け抜けた。

そうはさせじと直之進が突っ込んできて刀を振り下ろしたが、兜太に刃は届かなかった。兜太は庭に出て、表御殿のほうを目指した。直之進が追いすがってくる。相変わらずしつこいが、すぐに足を止めることになるだろう。こちらの姿は見えないのだから。

だが、直之進はなかなかあきらめない。こちらの気配を頼りに追いかけてきているのだろうか。だが、この暗闇でそんな真似ができるのか。

もっと速く走ろうとして兜太は、なぜかそれができないおのれに気づいた。尻のあたりがひどく痛んでいる。

兜太は顔をゆがめた。さっき替え玉に斬られたのだ。肌をすぱりとやられたのだろう。深手ではないようだが、かなりの出血であるのはまちがいない。

刀でやられると、指の先をちょっと切ったくらいでも驚くほど血が出る。直之進は、血のにおいを追っているのだろう。そうでないと、闇隠れの術を用いているのに、追いすがってくる説明がつかない。

どうすればやつを振り切れるか。塀が迫ってきた。この体で塀を一気に乗り越えられるか。やるしかない。

兜太は間際に迫った塀に向かって跳躍した。塀の上に両手をつき、ひらりと体を持ち上げた。そのつもりだったが、体が重く、思った以上に手間取った。

塀にぶつかる勢いで突進してきた直之進が刀を振り下ろしてきた。一筋の光が一気に肉薄し、兜太を両断しようとしている。

えい、と兜太は気合をかけ、塀から飛び降りた。刀が背中をかすめていった。

どん、と音を立てて道に降り、兜太は駆け出した。今の衝撃で、尻に強烈な痛みが走った。

直之進が続いて塀を降りた。

——しつこいやつめ。

兜太は息が切れはじめていた。通常なら、こんなことはあり得ない。やはり傷の影響が大きいのだろう。

自分でも、よたよたとした走りになりつつあるのが自覚できる。このままでは、本当にやられてしまうのではないか。

背後の直之進は、ますます勢いづいている様子だ。

まずいぞ。焦りの炎が兜太の背中を燃やしはじめている。

もうすでに距離は三間もない。直之進の足音が耳を激しく打つ。それがなおも容赦なく近づいてくる。あと少しで直之進の間合に入るだろう。こんな体でよけられるのか。恐怖が兜太の全身を包み込む。足が萎《な》えそうだ。

狩られる側の気持ちが、初めてわかった。この前、真興を追い回したが、やつもこんな気持ちだったのだろうか。

兜太はうしろを見た。直之進が一間ほどまで迫っていることに、驚きを覚えた。あと数瞬のちに、必殺の斬撃が繰り出されるのだろう。それが自分の最期のときなのか。

——冗談ではない。むざむざと斬られるくらいなら、戦って死んだほうがよい。

兜太は振り向こうとした。ほぼ同時に直之進が刀を振り下ろしてきた。

だが直後、直之進が刀を引き戻し、さっとうしろに下がった。兜太にはなにが起きたのかわからなかったが、直之進とのあいだにはかなりの距離ができた。せっかくのこの好機を逃すわけにはいかない。兜太は再び走り出した。

直之進が追おうとしたが、今度はさっと体をかがめた。兜太は、直之進がなにかをよけていることに気づいた。しゅっと大気を切る音が聞こえ、直之進が今度は刀を振るった。きん、と闇に甲高い音がこだまし、なにかが地面に落ちた。

何者かが、クナイのようなものを投げつけているのだ。

誰かがこのわしを助けようとしている。

光明《こうみょう》を見る思いだった。直之進は次々に飛来するクナイに手こずり、兜太を追うことができない。

その隙に兜太は路地に駆け込み、着物を破って傷の血止めをした。こんなことをしているより、できるだけ遠くに逃げたほうがいいのかもしれないが、血のにおいをたどられるのが怖かった。

なにしろ直之進という男はしつこく、粘り強い。少しでも血のにおいが残っていれば、それを手がかりに居場所を突き止めるのではないか。

それに、正直なところ、これ以上、血を失いたくない。直之進にやられる前に死んでしまうかもしれない。

血止めが終わった。付近から物音はなにも聞こえてこない。何者かのクナイが尽きたということか。

だが、直之進も姿をあらわさない。路地を奥に進むと、辻に出た。両側に大きな道が続いている。どこも町木戸は閉まっているが、直之進が追ってきていないのなら、この体でもあんなものはどうとでもなる。

沼里家の上屋敷に向かったときは、ひらりひらりと乗り越えてきた。今はさすがに無理だろうが、よじ登ることくらいはできよう。

兜太は、闇と寒さにすっぽりと覆われている町を走り続けた。冷え冷えとしたものが体を包んでいるのは、血を失いすぎたからか。

それにしても、誰が助けてくれたのか。

思い浮かぶのは一人の面影だ。

家に行けば会えるだろうか。

またあの白い体を抱けるだろうか。

いや、この体ではむずかしいだろう。

とにかく、あの家にたどりつくことができれば、きっと手当をしてくれるだろう。

激しい震えに歯をがちがち鳴らしつつも、冷たい大気に挑みかかるようにして兜太は走り続けた。

四

意外にあっさりと手がかりをつかむことができた。

春日屋《かすがや》といううどん屋に聞き込みに入ったところ、そこの主人が、ときおり客として来ていた正八郎を覚えていたのである。直之進から預かった女の人相書も見てもらったが、こちらは残念ながら知らないとのことだ。

「ええ、この人のことは忘れませんよ」

主人が正八郎の人相書を見て、快活にいう。

「なにしろ、食い入るような目で、あっしがうどんを打つのを見ていましたからねえ。あの目はすごかったですよ」

「そんなに熱心だったのかい」

富士太郎は、人相書を返してきた主人にたずねた。

「ええ、あっしの技を盗み出そうと考えているんじゃないかって、思いましたよ。それぐらい一途《いちず》なものを感じましたね」

「どうやら包丁人らしいんだけどね」

「ああ、そうですかい。包丁人ならあの目も納得ですね。つくる物はちがっても、お客の口に入るものを扱っている以上、なにか役に立つことがありますからねえ。あっしも、蕎麦打ちの名人の技を見るのは大好きですよ」

さっき富士太郎と珠吉はこの店でうどんを食したばかりだが、腰があるわりに喉越しが柔らかで、昆布だしの甘さがよく出ているつゆと合わせ、うなるほどのうまさだった。

「あるじ、この人相書の男は、住みかのことを口にしたことがあるかい」

「いえ、ありませんねえ」

「じゃあ、ほかの場所でこの人相書の男を見かけたことはないかい」

「ありませんねえ」

主人がなにかを思い出したかのように、首をひねった。

「でも、そういえば、ほかのうどん屋のこともいっていたなあ。うちのうどんは、そのなんとかという店と双璧だって」

「店の名は思い出せないかい」

「商売柄、あっしは味のよさで知られる商売敵の名はたいてい覚えているんですけど、そこは初めて聞いたんですよ。そのうち、どんなものなのか、食べに行こうと思ってそのときは頭に名を叩き込んだんですけど、歳ですかねえ、忘れちまいましたよ」

「あるじが知らないってことは、最近できた店なのかね」

「そうかもしれませんね。確か三文字で、人の名のような感じでしたねえ」

「三文字というのは、漢字でかい」

「漢字でも平仮名でも三文字ですよ」

湯飲みを握り締めて考え込んでいた珠吉が勢いよく顔を上げた。

「伊地治《いちじ》かい」

「ああ、それですよ、それ。伊地治ですよ」

「珠吉、知っているのかい」

「あっしはうどんは大の好物で、非番のときは連れ合いと一緒によく食いに出かけるんですよ。そういえば、この店にまさるとも劣らぬところで最近食べたなあって思い出したものですから」

「それが伊地治かい。ここから遠いのかい」

「そうですね。十町ほどは離れていますかね」

「とにかく行ってみよう。その店の人が、正八郎のことでなにか知っているかもしれないからね」

富士太郎たちはさっそく伊地治に向かい、暖簾を払った。昼を過ぎており、狭い店内に客の姿はほとんどなかった。腹はたいして空いてはいなかったが、伊地治のうどんも食してみたく、富士太郎は注文してみた。珠吉はさすがに腹に入らないということで、富士太郎が食べるところを見守っていた。

伊地治のうどんは春日屋よりも腰があり、喉越しはつるつるとなめらかで、噛むと麺のうまみがじんわりと出てくる。こちらのつゆも昆布だしが主で、やや甘めだが、うどんと絡んで実においしい。この時季だけに、熱々のうどんはありがたいことこの上ない。

食べ終えた富士太郎は主人を呼んで、うどんのうまさをたたえた。主人がうれしそうに顔をほころばせる。

「ところで、この男を知っているかい」

富士太郎はさっそく正八郎の人相書を取り出した。一礼して手に取った主人が目を落とし、じっくりと見る。深くうなずいた。

「ええ、覚えていますよ。うちによくいらしてくれました」

「どこに住んでいるか、知っているかい」

「いえ、住まいは存じませんけど、この近くの吟七《ぎんしち》という料亭で働いているんじゃないですかね。店に出入りしているのをよく見ますから」

「吟七かい」

「ええ、そこの角を曲がって半町ほど行ったところにありますから、すぐにわかりますよ」

女の人相書も見てもらった。だが、こちらは知りません、という返事だった。

礼をいって富士太郎と珠吉は伊地治を出た。

確かに捜すまでもなかった。

吟七の店内に入り、富士太郎は豪三《ごうぞう》という主人と座敷で会った。

豪三は五十過ぎか、鬢のあたりにやや白髪が目立ち、額と目尻に深いしわがある。目つきに人を値踏みするような色があり、料亭という客商売のわりに、あまり長く対座していたくない男という気がした。体は締まっており、身ごなしだけ見ていると、歳よりだいぶ若く見える。

富士太郎と珠吉を座敷で迎えたが、微笑を浮かべつつも少し緊張した顔をしている。

「今おいらたちは、この男について調べているんだ。この店に出入りしているところを見た者がいるんで、話を聞きにきたのだけど」

富士太郎が正八郎の人相書を見せると、手にした豪三は大きく顎を動かした。

「ええ、正八郎ですね」

ふと気がかりそうな顔になる。

「あの、正八郎がどうかしたんですかい」

「殺されたんだ」

感情をまじえずに富士太郎はいった。

「ええっ」

豪三が驚き、腰を浮かした。思い切り目をみはって富士太郎を見つめている。

ごくりと唾を飲み込んだ。

「だ、誰に殺されたんですかい」

「それをいま探索中だよ」

「殺されたのは、いつのことですかい」

「大雪が降った日の夜に殺された。首を切り取られていたんだ」

「首を……」

「どうやら犯人が持ち去ったようだね」

「それなのに、どうしてその仏さんが正八郎だってわかったんですかい」

「正八郎には胸に大きな古傷があった。それは知っているかい」

「はい、存じています。一緒に風呂に行ったことがありますから。昔、やくざ者とのいざこざでやられたといっていました」

「やくざ者と。そうだったのかい」

富士太郎は出された茶を飲んだ。こくがあるわりに、柔らかな苦みがほんのりと口中に広がってゆく。こいつはおいしいね、と思った。

「正八郎はこの店で働いていたのかい」

「ええ。ここ三日ばかり、つなぎもなしに来ないんで、勝手にやめてしまったのかと思っていました。渡りの包丁人は気まぐれで、ちょっと気に入らないことがあると、それきりなんてこと、しょっちゅうですからね」

「ここではいつから働いていたんだい」

　豪三が首をかしげる。

「かれこれ二年はたっているんじゃないんですかね」

「口入屋の紹介かい」

「いいえ、自分で売り込みに来ました。その頃、うちも包丁人にやめられたばかりで、ちょうど一人入れようと考えていたときだったんですよ。試しに料理をつくらせてみたら、かなりやるんで、そのまま奉公が決まりました」

「料理はどこで修業してきたか、聞いているかい」

「最初は上方《かみがた》で、そのあと加賀《かが》の金沢《かなざわ》に行き、そこから江戸にやってきたようなことをいっていましたね」

「もともとは上方の出なのかい」

「さあ、言葉は江戸のものでしたけどねえ。渡りの包丁人は臑《すね》に傷持つ者も少なくないんで、あまり本当のことをいわないんですよ」

　そういうものなんだろうね、と富士太郎は納得した。過去に悪事をはたらいていたからこそ、首を切られるなどというむごい殺され方をしたのだろう。

「正八郎はここに住み込みだったのかい」

「はい、さようです」

「荷物は」

「いえ、なにもありません」

「身一つで来たのかい」

「ええ、さようで」

「女房は」

「ああ、いるようなことはいっていましたね」

「女房の名を知っているかい」

豪三がかぶりを振る。

「江戸にいるか、それともよその土地にいるのかも知らないのかい」

「はい、申し訳ありません」

「この店に来る前に正八郎がどこで働いていたか、知っているかい」

「いえ、存じません。すみません」

「正八郎のことは、人別帳に載せていないのかい」

「奉公が決まったときに、町役人さんに頼んで載せてもらいました。無宿人を雇うわけにはいきませんし、無宿人のままではかわいそうでしたから。でも、前の住まいは人別帳には記してありますけど、そのあたりは適当なんですよ」

「ああ、そういうことかい」

人別移しをするためには、人別帳に前の住みかの場所を記さなければならない。その決まりを守るためだけに、偽りの住まいを人別帳に書いたというわけだ。法度《はっと》ではあるが、よくあることにすぎず、富士太郎としても目をつむるしかない。

ふむう、とうなって富士太郎は腕組みをした。珠吉は厳しい眼差しを豪三に注いでいる。

ほかになにかきくことはないか、と富士太郎は考えた。

「こっちも見てくれるかい」

富士太郎は女の人相書を手渡した。豪三が目を落とす。

「どうだい、知っているかい」

豪三がかぶりを振る。

「いえ、存じませんねえ。こんなきれいな人なら、一度見たら忘れませんよ」

そうかい、といって富士太郎は人相書を返してもらい、懐にしまった。

「その女の人はなにをしたんですか」

「気になるかい」

「ええ、そりゃもう」

「この女がなにをしたかは話せないんだ。ただ、捜しているだけだから」

「はあ、さようですか。どなたかに頼まれているということですか」

「それもいえないんだよ」

「はあ、そういうことにございますか」

豪三は興味を失ったような顔になった。

これ以上、豪三から引き出せそうなことはなかったので、珠吉をうながし、吟七をあとにした。

「珠吉、なにか気に入らないことでもあったのかい。あるじをにらみつけていたけど」

富士太郎は歩きつつたずねた。珠吉が富士太郎をやんわりと見返す。

「いえ、気に入らないというほどのことではないんですがね」

眉根に深いしわを寄せる。

「あるじの顔がなんとなく気になるというだけですよ。旦那、今のあるじ、どこか小賢《こざか》しい感じがしませんでしたかい」

富士太郎は豪三の顔を思い起こした。人を値踏みするような目が強く残っている。

「うん、そうかもしれないね」

富士太郎は珠吉を見つめた。

「珠吉は、豪三が正八郎殺しに関わっていると思うかい」

珠吉が首を横に振る。

「いえ、そうは思いませんや。正八郎さんが殺されたと旦那から知らされたときの顔に、嘘はないと思います。心の底から驚いていましたよ」

「うん、その通りだね。あれは芝居などではなかったね。もしあれが芝居なら、豪三というのは相当のたまだね」

はい、と珠吉が顎を引く。

「それで旦那、これからどうしますかい」

「決まっているよ、珠吉」

富士太郎は前を向いて力強くいった。

「聞き込みを続けるよ。正八郎が吟七に奉公していたのはまちがいないんだから、きっとこのあたりに土地鑑があったんだと思うんだ。少なくとも、この近くに住んでいたことがあるんじゃないのかねえ」

珠吉がにこりとする。

「旦那、それはいい考えですよ。あっしもその通りだと思います。それにしても旦那は元気ですねえ。ほんと、いいこってすよ」

「珠吉は疲れてないかい」

珠吉がどんと自らの胸を叩く。

「鍛え方がちがいますぜ。この程度でへばるなんてこと、ありませんや」

「すごいね、珠吉は。おいらも見習わないといけないね」

「いや、見習うなんてことはしなくていいですよ。旦那はたくましくなりましたもの」

「そうかい。珠吉にそういわれると、天にも昇るような気持ちになっちまうねえ」

珠吉がにこやかな笑いをこぼす。

「旦那は相変わらず大袈裟ですねえ」

ふふ、と富士太郎も笑った。

「おいらは大袈裟かねえ」

二人は寒さを忘れて、聞き込みに励んだ。

今日も冬らしく江戸は晴れ渡っているが、風がことのほか強い。砂埃が激しくぶつかってきて、そのたびにうつむかなければならない。それでも目に砂埃は入ってきて、涙が出るくらい痛い。

それに大気が乾いているせいか、喉がひりひりしてならない。体も冷え切り、甘ったるいくらいの甘酒がほしくなる。

富士太郎と珠吉は、出会う人のほとんどすべてに正八郎と女の人相書を見せていった。

「ああ、この人なら知ってますよ」

ついに富士太郎に告げたのは、行商の小間物売りだった。小間物売りが手にしているのは、女のほうの人相書である。

「どこに住んでいるんだい」

富士太郎は勢い込んできいた。それにしても、期待があってさまざまな者に見せて回っていたとはいえ、まさかここで女のほうが引っかかってくるとは思いもしなかった。

「多分、この人だと思いますよ。そっくりですからね。——家はここからだと、

五、六町ばかり行ったところにありますよ」
荷物を背負い直して、小間物売りが西側を指さす。

「島本屋《しまもとや》という乾物屋の角を左に曲がって、すぐの一軒家ですよ。柿渋《かきしぶ》で染められた枝折戸《しおりど》のついたこぎれいな生垣《いけがき》がぐるりをめぐってますから、すぐにわかります」

「おまえさん、ずいぶん詳しいね」

ええ、と小間物売りが照れ笑いを浮かべる。

「色白で目に色気があって、ずいぶんときれいな人なんで、よく覚えているんですよ。あのあたりに行くと、顔を見たくなって必ず寄ることにしているんで」

「女の名は」

「お栄さんですよ」

直之進から聞いていた名だ。

「お栄に家人はいるのかい」

「亭主がいるという話でしたよ。手前は、顔を見たことはありませんけど」

「亭主の名は」

「いえ、知りません」

「生業はどうだい」

「それも知りません」

「お栄は働いているのかい」

「働いているようには見えません。家にいることが多いようですよ」

小間物売りが少し顔を寄せてきた。

「お栄さん、なにかしたんですか」

富士太郎は首を横に振ってみせた。

「なにもないよ。まさかとは思うけど、おまえさん、首を突っ込もうなんて考えているんじゃないだろうね」

「滅相もない」

小間物売りがあわてて手を振る。

「手前はただきいただけですよ」

「それならいいんだけどね。妙なこと、考えちゃいけないよ」

「ええ、そいつはよくわかっています」

富士太郎は小間物売りに、ありがとね、と礼をいった。

「助かったよ」

「いえ、なんでもありません」

小間物売りが一礼して、去ってゆく。

小間物売りのいった通りの道を、富士太郎と珠吉は早足で歩き進んだ。ちゃんと確かめてから、直之進に知らせなければならない。

相変わらず風が強い。まわりの家並みががたぴし鳴っている。小さな家など、飛ばされてしまうのではないかと思えるほどの激しい風だ。ざざざ、と鳥が飛び立つような音を発して砂埃、土埃が舞い踊る。

富士太郎と珠吉は、島本屋の看板が出ている辻を左に折れ、よく手入れされた生垣のある家はすぐに見つかった。

「あの家だね」

家から十間ほどの距離を置いて、富士太郎は眺めた。珠吉も鋭い目を当てている。

生垣越しに見えているのは、濡縁と閉めきられた障子である。果たしてお栄という女がいるのか、富士太郎は胸がどきどきしてきた。

顔を見せないものかね。

富士太郎は望んだが、障子はあきそうになく、今のところ、なかにお栄がいるかどうか、確かめるすべはない。いきなり訪ねていくわけにはいかない。

そんなことをしたら、お栄は逃げてしまうかもしれない。たかが女と侮るわけにはいかない。珠吉と二人で取り押さえられればいいが、相手は兜太の一味かもしれない女なのである。軍記物に出てくる女忍びのような技を持っているかもしれず、こちらが逆にやられてしまう恐れもある。ここは慎重を期したほうがいい。

それに、なによりお栄という女が、人相書に本当に似ているのか、まずは確かめなければならない。小間物売りがそっくりですよといったからといって、それを鵜《う》呑《の》みにするわけにはいかない。

家は静かなままで、強い風のなか、ひっそりと沈んでいるように見える。留守ということも十分に考えられる。

「珠吉、ここで家を見張っててくれるかい」

富士太郎は低い声でいった。

「もちろんかまいませんけど、旦那は」

「お栄のことを、近所で聞き込んでみようと思うんだ」

「ああ、いい考えですね。わかりやした」

珠吉が深くうなずく。

「もしお栄が出てきたら、あとをつけます。目印は残していくようにしますから」

「うん、わかったよ」

富士太郎はその場を離れ、近くの長屋の木戸をくぐった。何人かの女房が声高にしゃべり散らしながら、洗濯物を取り込んでいる。まわりには母親にまとわりつくように十人近い子供が遊んでいた。

いきなり町方役人がやってきたことに母子ともにびっくりしていたが、富士太郎が穏やかに、ちょっと話を聞きたいんだ、というと、一様に落ち着きのある顔になった。

「あそこの家に住んでいるお栄さんについて、知っていることがあったら話してくれるかい」

「お栄さん、なにかしたんですかい」

よく肥えた女房がきいてきた。でっぷりとした腰に女の子が抱きつき、黒々とした瞳で富士太郎を見上げている。

「いや、おいらたちが頼まれて捜している女の人によく似ているんでね。お栄さ

ん の事情を知りたいんだ。この人はお栄さんかい」

富士太郎は人相書を取り出し、肥えた女房に手渡した。女房たちは代わる代わる人相書を見た。

「ええ、ええ、まちがいありませんよ」

「お栄さん以外、考えられないわ」

「ほんと、そっくりですよ」

女房が口々にいう。

やはりそうか、と富士太郎は思った。こいつはもう決まりだね。お栄の顔を実際に見ていないが、一刻も早く直之進に知らせなければならない。

「お栄さんには、亭主がいるってきいたんだけど」

「ええ、庄三郎《しょうざぶろう》さんです」

「庄三郎の生業はなんだい」

女房たちが顔を見合わせる。

「さあ、よくわかりません」

一人が少し前に出て答える。

「苦み走ったいい男で、お栄さんとはよくつり合った夫婦だと思うけど、よく出かけるんですよねえ。顔を合わせると、愛想よく挨拶してくれるんですけど」

「庄三郎というのは、いい男なのかい」

「ええ、役者のようにととのった顔立ちですよ。ほれぼれしちゃう」

役者顔か、と富士太郎は思った。世の中にはいい男がけっこういるものなんだねえ。

「そういえば、ここ最近、庄三郎さん、見ていないわねえ。あの顔を見られないと、寂しいわねえ」

一人の女房がいう。

「そういえば、見てないわねえ」

「最後に見たのはいつだい」

富士太郎は女房たちにきいた。

「三、四日前でしょうか。もともとあまり家に居着かない人ではあるんですけど」

一人が答え、別の一人が続ける。

「よそに女がいるんじゃないかって、噂もあったりしますよ」

「いい男ですから、女のほうで放っておかないんですよ」

「そういえば、あんた、庄三郎さんに色目を使ってたわね」

背の高い女が決めつけるようにいった。

「あんたも同じじゃないの」

やせた女房がすかさずいい返す。

「でも、あんたの場合、背丈がありすぎて、庄三郎さんとはつり合いがとれないから、まったく相手にされなかったのよね」

「あんただってがりがりだから、袖にされたんでしょ。胸なんか洗濯板みたいだし」

まあまあ、と富士太郎はあいだに入ったが、女同士の口論はやまない。ほかの女房たちもなだめるが、二人はやめようとしない。日頃から目《め》の敵《かたき》の間柄なのかもしれない。

「私が洗濯板なら、あんたなんか、長いだけの床板じゃないの」

「あんたが袖にされたのは胸が洗濯板だけでなく、足に目立つ傷があるからよ。ほんと、みっともない傷よね。私は床板かもしれないけど、変な傷はどこにもないわ」

「傷なんか庄三郎さん、気にしないわよ。だって胸に大きな傷跡があるじゃないの」

なんだって、と富士太郎は思った。

「庄三郎には、胸に傷があるのかい」

女房たちがいっせいに富士太郎を見る。

「ええ、あるんですよ」

一人の女房がしゃくれた顎を動かす。

「五寸くらいの長さかしら。刃物にやられたような傷ですよ。本人は、若い頃やくざ者にやられたっていってました」

富士太郎は、首なしの骸《むくろ》となった正八郎の人相書を取り出した。女房たちがのぞき込み、口々にそれが庄三郎であることを認めた。

これはどういうことだ、と富士太郎は思った。正八郎と庄三郎は同一人ということか。そうとしか考えられない。庄三郎が本名で、正八郎のほうは偽名か。庄三郎という男はおりょうとは偽りの名で夫婦約束をし、料理屋の吟七でも名を偽って奉公していたのか。

まさか庄三郎を殺したのは、お栄ではないだろうね。員弁兜太の手下ならば、死骸から首を切り取ることなど朝飯前なのではないか。

いや、先走っちゃいけないよ、と富士太郎は自らにいい聞かせた。まだお栄が庄三郎を殺したとは決まっていない。証拠もない。殺さなければならなかった理由も、はっきりしていない。すべてはこれからである。

富士太郎は急ぎ珠吉のもとに戻った。

だが、そこに珠吉はいなかった。あれ、と富士太郎は思ったが、狭い路地に身をひそめ、手招きしている姿が視野に入り込んできた。

「まちがいないよ、珠吉」

珠吉のそばに寄るや、富士太郎は興奮を隠さずにいった。

「お栄こそ、直之進さんの邪魔をした女だよ」

「やっぱりそうでしたかい」

珠吉が深い色をした瞳で、富士太郎を見つめる。

「旦那、なにかほかにもつかんだ顔ですね」

「さすがだね」

富士太郎は珠吉に詳細を語った。

「えっ、正八郎は庄三郎なんですかい。しかもお栄の亭主……」

「こいつもまちがいないよ。庄三郎は胸に傷があるらしいんだ。それが首なしの死骸と一致するんだよ」

「旦那、やりましたね」

珠吉がほめたたえる。

「珠吉が力を貸してくれたおかげだよ」

「あっしはなにもしちゃ、いませんや」

「そんなことはないよ。それで珠吉、頼まれてほしいんだけど」

「わかってやすよ」

珠吉が胸を叩く。

「湯瀬さまに知らせに走ればいいんですよね」

「その通りだよ。いま直之進さんはどこにいるのかな。房興さまの居所を捜し求めて走り回っているだろうけど、神田小川町界隈かもしれないね」

「旦那がそういうんなら、まちがいなくそこでしょう。旦那の勘は当たりやすから。わかりやした。では、行ってまいりやす」

「頼むよ」

珠吉がうなずき、土を蹴った。一陣の風が吹き込み、土埃をさらってゆく。そのときには、路地から珠吉の姿は消えていた。

頼んだよ、珠吉。一刻も早く、直之進さんを連れてきておくれ。

五

直之進、と呼びかけられた。

はっ、と直之進は両手をそろえ、真興に顔を向けた。

「実はな、宿直の二人が腹を切るといい出したのだ」

「えっ、まことでございますか。それで、どうされました」

「許さぬと余は強く命じた」

「二人はしたがいましたか」

「もし自害したら、一族係累すべて磔《はりつけ》に処するゆえ、心しておくようにと申し渡した」

直之進は黙って耳を傾けた。

「余はそのことを本気で命じた。自害するつもりならその覚悟でやるように、と。その思いは伝わり、二人は自害を思いとどまってくれた」

「それはようございました」

直之進もほっとした。

「余が命を狙われたくらいで、有為《ゆうい》の士を失うわけにいかぬ」

背筋を伸ばして真興が真剣な表情でいう。

「余がよそで寝ることを知らせてはいなかったから、宿直の二人にも決して油断はなかった。しっかりと務めを果たしていた。ただ相手が悪かったに過ぎぬ。そのようなことで、腹を切らせるわけにはいかぬ」

直之進は顎を引いた。

「とてもすばらしいご判断にございます」

「当たり前のことだ」

真興が、かたわらに敷かれた布団に目を向ける。

「よく眠っておる」

はい、と答えたのはおきくである。

「真興さまがいらっしゃったことがおわかりになるのか、川藤さまは、ほほえんでいらっしゃるように見えます」

「そうか」

真興がうれしそうに笑みをこぼす。

「この家は、我が上屋敷とは目と鼻の先だ。本当は、余は川藤の見舞いにはもっと早く来たかった。余は、房興に仕えてくれている川藤仁埜丞という男を信に足る人物と思うておる。川藤の身になにかあれば房興がどれほど落胆するか。ともかく、必ず目を覚ますと医者がいっているのなら、それを信じよう」

真興がそばにいる琢ノ介に目を移した。

「平川、そなたの働きはすばらしかった。あらためて礼をいう」

「いえ、真興さま。お礼はもう何度もおっしゃいました。耳にたこができるほどでございます」

「そんなにいうたか。感謝してもしきれぬ思いよ」

「ありがたきお言葉にございます」

「直之進が、琢ノ介を推してきた。琢ノ介でなければ、余は居所をつかまれ、員弁に殺られていたかもしれぬ」

真興が微笑する。

「それにしても、平川は図太いの。ふつうの者は大名の布団ということで、目がさえてしまうであろうに、熟睡していたとはな」

琢ノ介が照れたように咳払いする。

「もし昨夜、員弁が襲ってくることがわかっていたら、とても眠れなかったでしょう。しかし、そんなことはあるまい、とそれがし、高をくっておりもうした。ですので、高いびきをかいていられたのです」

「なんにしろ、その度胸、余もほしいものよ」

琢ノ介が少し悔しそうにしている。

「どうした、琢ノ介」

直之進は声をかけた。

「いや、実に惜しかったな、と思って」

「あのうしろからの斬撃のことだな」

「そうだ。必殺の振り下ろしだった。まさかあれを避けられるとは思わなんだ」

「それでも刃は尻をかすめたな。員弁はだいぶ血を流していたぞ。浅手は浅手だろうが」

「やつが血を流しすぎて死んだなどということはないか」

「なかろう。そんなやわな男ではない」

「殺《や》りたかった。真興さまや直之進、この川藤どののためにも、員弁をなんとしても倒しておきたかった」

琢ノ介が畳を拳で叩こうとして、とどまる。昏々と眠っている仁埜丞に気がかりそうな視線を向けた。

「畳を殴りつけてお師匠が目を覚まされるのなら、何度でもやるのだが」

そういって直之進は唇をぎゅっと嚙んだ。

「どうした、直之進」

琢ノ介がきいてきた。

「俺も思い出したのだ。やつを殺れるところまで追い詰めたのに、逃がしてしまった」

「しかし、何本ものクナイに襲われたのだろう。仕方あるまい」

「あの程度のクナイに行く手を阻まれるとは、俺は未熟だ。もっと腕を磨かねばならぬ。あのくらいのクナイ、刀を使わずすべてよけてみせるような腕前にならぬと」

心配そうにおきくが見ている。直之進、と真興が呼びかける。

「おきくが案じておるぞ。剣呑《けんのん》な話は、そのくらいにしておけ」

はい、と直之進はこうべを垂れた。

直之進はおきくにただした。

「芳絵どのはどうされた」

「朝出かけられたきり、お戻りになりません」

「そうか。房興さま捜しに今も奔走されているのだな」

「芳絵どのというと」

真興が興味深げにきいてきた。

「殿にはまだお話ししていなかったでしょうか。迂闊《うかつ》にございました」

直之進は芳絵のことを語った。

「清本家の姫だと……」

眉根をきゅっと寄せて、真興がつぶやく。主君がこんなむずかしそうな顔をすることは滅多にない。

「旗本三千石の清本家だな」

「さようにございます。ご存じでおられましたか」

「うむ、少しな」

真興が腕組みをする。話題を変えて話しはじめた。

「直之進、員弁たちはまちがいなく焦りはじめているのだな」

「御意《ぎょい》。石添兵太夫という、宗篤さまの側近がこたびの一件に深く関わっているのは、もはや動かしようのない事実でございましょう。探索の矛先《ほこさき》が自分に向いてきたことで石添は焦り、一気に形勢を逆転するために、員弁を殿に差し向けたものと勘考いたします」

「うむ、その通りであろう」

真興が腕組みを解き、息をついた。

「しかし、余は石添兵太夫という者とは、一面識もないぞ」

「土井大炊頭宗篤さまとは、いかがでございますか」

「大炊頭どのとは殿中で何度か顔を合わせてはいるが、一度も言葉を交わしたことはない」

真興が首を横に振る。

「前に話したかもしれぬが、大炊頭どのは人柄を公儀の要人によく知られておる。余の命を狙うようなお方ではないと思う」

「それがしも同じ意見でございます。石添兵太夫が一人画策し、殿のお命を縮めようとしているのでございましょう」

「どうしてそのような真似をするのか、石添にじかにききたいものよ。もっとも、そんなことをしても、石添は否定するであろうが」

戸口のほうで物音がした。おきくが出てゆくが、なんとなく心配で、直之進もついていった。

「おう、芳絵どのか」

芳絵が廊下を進んできたところだ。はあはあと息が荒い。よほど急いできたようだ。

「あっ、湯瀬さま」

芳絵が立ち止まり、頭を下げる。

「いらっしゃいませ」

「うむ、お邪魔している。どうされた、そんなに急がれて。なにかあったのかな」

「いえ、なにもありませぬ」

芳絵が、ふうと深い息をつく。

「湯瀬さま、おきくさんに会いに来られたのですか」

「いや、我が殿をこの家にご案内してきた。我が師匠を見舞いたいとおっしゃって」

「えっ、真興さまでございますか」

芳絵が目を輝かせる。

「芳絵どのは、殿とは初めてであったな。よし、紹介いたそう」

芳絵が直之進のうしろにつく。そのあとをおきくが続いた。

仁埜丞の寝ている部屋で真興と芳絵は対面した。芳絵が仁埜丞を見て、少し落胆した様子を見せた。まだ眠ったきりなのを、残念がっているようだ。

「そなたが芳絵どのか」

真興が遠慮なく見つめている。

「直之進から話は聞いた」

「湯瀬さま、余計なことを真興さまに吹き込んだのではないでしょうね」

「いや、余計なことはなにも。それがしは事実だけを伝えもうした」

芳絵が眉をひそめる。

「それが余計なことなのです。日常の行いや振る舞いが女らしくないことは、自分でもよくわかっていますから」

「芳絵どのは女らしくないのか」

「はい、剣術がこの世で一番好きですから」

「そうかな」

真興が小さく笑った。

「一番好きなのは、別にあるのではないか。いや、いるのではないかといったほうがよさそうだが」

「房興さまのことでございますか」

「そうだ」

「大好きでございます」

「この世で一番か」

「はい」

ためらうことなく芳絵が返事をする。真興がにこりと笑う。

「房興は果報者《かほうもの》よ」

「でも房興さまには、ほかに好きなおなごがいらっしゃるようでございます」

芳絵が悲しげに口にした。真興が目を大きくみはる。

「まことか」

「はい、私もはっきりときいたわけではありませぬが、おそらく」

「そうか」

真興がうつむく。すぐに顔を上げた。

「話は変わるが、芳絵どのは、房興捜しに奔走されているのだな。弟のためにそんなに働いていただいて、余はこの上なくありがたく思うている。しかし、決して無理はされぬようにな」

「はい、承知しております」

「して、今はどうして戻られた。なにか用事があるのか」

「いえ、用事ではありませぬ。先ほどまで房興さまを捜していたのですが、なぜか急に川藤さまが目を覚まされたような気がしたのです。それで、早くお顔を見たいと思って馳せ戻ってまいったのです」

直之進は納得した。だから仁埜丞がまだ眠っているのを見て、芳絵は落胆したのだ。

「そうか。芳絵どのは優しいおなごだ」

「いえ、優しくなどありませぬ」

「そうかな。余には思いやりにあふれたおなごに見えるぞ」

真興が立ち上がる。

「お帰りになりますか」

直之進はたずねた。

うむ、と真興がうなずく。

「外で家臣たちも退屈であろう。他の家臣たちも、屋敷内でいつ戻るか、やきもきしているのではないか」

琢ノ介も立ち、腰に刀を差した。

「では、芳絵どの、これでな。会えて、楽しかった」

真興が笑顔を向ける。

「私もでございます」

うむ、とうれしそうに真興が顎を引いた。

「これからどうされる。また房興捜しに出られるのか」

「はい、そのつもりでございます」

「そうか。かたじけない。先ほども申したが、芳絵どの、くれぐれも無理はされぬようにな」

「承知しております」

おきくに、よろしく頼むというようにうなずきかけた直之進は真興、琢ノ介とともに庭に出た。

そこには十人ほどの供が待っていた。和四郎の姿もあった。和四郎が真興に遠慮し、庭にいることを選んだのである。

濡縁のそばに置かれている駕籠に、真興が乗り込んだ。六人の駕籠者が静かに持ち上げると、駕籠がゆっくりと動きはじめた。

芳絵とおきくの見送りを受けて、外に出た。異常は感じられない。兜太が狙っているような雰囲気はない。

もっとも、兜太は血を流しすぎ、一日二日は動けないのではないか。もっとも、直之進に油断する気は毛頭ない。そう思わせておいて、不意を突いて襲ってくることも十分に考えられるのだ。琢ノ介も真剣な顔で、あたりに目を配っている。和四郎は琢ノ介のうしろを歩いていた。

房興の家から二町ほど来たとき、駕籠の引き戸があいた。駕籠者が気づき、駕籠が止まりそうになったが、そのまま進むように、と真興がいった。

「直之進」

真興に呼ばれ、直之進は駕籠に近づいた。

「芳絵どののことだ。そなたのことゆえ、もう見当がついているかもしれぬが」

「なんのことでございましょう」

「とぼけるか。まあ、よい」

真興がいたずらっ子のような笑みを見せた。

「芳絵どのは、余の縁談の相手よ」

「えっ、まことにございますか」

直之進は驚きに口をぽかんとあけた。耳に届いたのか、琢ノ介もびっくりしている。

そういえば、と直之進は思った。以前、縁談があるようなことを真興はいっていた。そのときは真興も知らなかったのか相手のことはまったく話さなかったが、最近、相手のことがわかったということか。

「なんだ、直之進、本当に見当がついていなかったのか」

「はっ」

「意外に勘が鈍いな」

「申し訳ありませぬ」

「謝ることはない」

「殿、受けられるのでございますか」

「断ると、仲人の顔を潰すことになる。だが、房興を思慕《しぼ》しているおなごだ。直之進、ことはなかなかむずかしいぞ」

真興が引き戸から顔をのぞかせ、直之進を見つめた。

「だが、縁談をどうするか、それも房興を無事に助け出してからの話だ」

引き戸がそっと閉められた。

直之進は真興を上屋敷に送り届けた。同じ神田小川町のなかだから、すぐである。家臣たちは真興の帰りを待ち望んでいたようだ。安堵の息をいっせいに漏らした。

家臣たちに真興がどれだけ敬愛されているか、如実に物語る光景である。直之進はそれを目の当たりにできて、うれしかった。

「琢ノ介、殿をよろしく頼む」

「うむ、任せておけ」

琢ノ介が力強く請け合う。直之進は心強かった。

それから和四郎とともに長屋門を出て、房興捜しをはじめようとした。

そこに駆け寄ってきた者があった。

「湯瀬さま」

直之進は足を止めた。

「珠吉ではないか」

珠吉はぜいぜいと荒い息を吐いている。

「どうした、なにかあったのか。いや、その前に水を飲むか」

上屋敷に戻れば、水くらいすぐにもらえる。

珠吉がかぶりを振った。けっこうです、といいたいようだ。

珠吉は両手を膝に当てて、息をしている。胸が激しく上下していた。なにかを直之進に伝えようとしているのだが、喉が詰まっているようで、うまく声が出ない。珠吉自身、じれったそうだ。

どうして珠吉のような年寄りがこんなに急いでやってきたのか。よほど大事なことなのだろう。

直之進はぴんときた。

「もしや富士太郎さんが、お栄という女を見つけてくれたのではないのか」

珠吉がうれしそうに顎を何度も上下させる。

「どこだ」

「つ、ついてきてください」

「珠吉、大丈夫か」

「ええ、へっちゃらです」

珠吉が平気だというのだから行ってもよいだろうと思ったが、直之進は心中ですぐに首を振った。

いや、いかん。年寄りに無理をさせたら、本当に死んでしまうかもしれぬ。

急《せ》く珠吉を逆になだめた。

珠吉の息がととのってから、直之進は、行こうといった。

珠吉が走りはじめた。すごい勢いだ。

無理をするなといいたかったが、珠吉はひどく張り切っている。一刻も早くお栄のもとに直之進を連れていきたくてならないのだ。

直之進は珠吉の背中を見つめつつ、ひたすら足を急がせた。

第四章

一

いきなりやってきた。

「おい、お栄」

乱暴に戸をあけ、頭《かしら》が草履も脱がずにずかずかと上がり込んできた。

「うるさいっ」

鋭い一喝が飛び、頭が思わず後退《あとずさ》った。一点を見つめ、驚きの顔を見せる。

「あっ、員弁さま。いらっしゃったのですか」

座敷の布団にうつぶせていた兜太が、顔をしかめて起き上がる。

「どうしたんだ、いったい」

「あの、このお栄に話を聞きたいと思ってやってきたのです」

「なんのことだ」

「手下《てか》のことです」

兜太が面倒臭そうにお栄を見やる。

「だとさ。お栄、相手をしてやれ」

「あの、怪我をされたのですか」

頭がおそるおそる問う。

「ああ」

兜太がおもしろくない顔で答える。

「では、昨夜の襲撃は」

「きさま、よもや知りながらきいておるのではなかろうな」

頭がぶるぶると顔を振る。

「滅相もない」

「しくじった。真興は今も無事よ。とっとと話を済ませて、帰れ」

兜太が顔をしかめて、また布団にうつぶせた。

「は、はい、ただいま」

頭が隣の間に入り、あぐらをかいた。敷居をまたいだお栄は裾を直して、頭の前に座った。

　頭がにらみつけてきた。

「庄三郎が死んだ。しかも首を切り取られたらしい」

「ええ、知っています」

　お栄が平静な声音でいうと、頭が顔を険しくした。

「どうして俺より早く知っているんだ。まさかおめえが殺したんじゃねえだろうな」

「そのまさかです」

　頭が腰を浮かせ、ぎらついた顔を近づけてきた。

「どうしてそんな真似をした」

「こちらの動きを、老中首座の側に漏らしていたからです」

　頭が大きく目を見ひらく。

「庄三郎がか」

「まちがいありません。あの男は裏切り者です。だから、あたしが始末しました。昨夜、員弁さまの襲撃が失敗に終わったのも、沼里家の上屋敷の絵図面がこちらの手にあることを、庄三郎が敵方に知らせていたからです」

布団の上で兜太が、ぴくりと体を震わせた。

「だが、やつがなぜそんなことをしなきゃならねえんだ」

「庄三郎には女がいたのです。所帯を持とうとしていました。女の腹には子もいます。それで、なにかと物入りだったようです」

「金目当てに俺たちを裏切ったのか」

「はい、そういうことです」

頭が苦々しげに顔をゆがめる。

「いいか、お栄。仮に庄三郎が裏切り者だとしても、おめえが勝手に始末していいわけがねえだろう」

「よくわかっています。どんな仕置も受ける覚悟はできています」

「ほう、そうかい」

頭がねめつけてきた。

「さて、どうするかな」

「おい、お栄を殺すのか」

兜太が隻眼を細めて頭を見つめている。頭が一転、目を泳がせた。

「ば、場合によっては」

「昨夜、真興の寝所には替え玉がいたぞ」

「えっ、替え玉ですか」

「なかなかの遣い手で、わしもちょっと苦戦したくらいだ。しかも、石添屋敷に置き去りにしたはずの湯瀬直之進まで上屋敷におった。おかげで、このざまだ。石添屋敷に房興が閉じ込められているというのがやつらに露見したのも、いま考えれば早過ぎたな」

「さようでございますか」

「庄三郎が裏切ったのかどうか、証拠が挙がってからお栄の始末をしても遅くはあるまい。お栄は逃げるような女ではない」

「はい、承知いたしました」

頭がこうべを垂れる。

「庄三郎が裏切り者であれば、始末したのは功績だ。たとえ独断であっても、功労のあった者を殺すことはない」

「わかりました」

頭が腰を上げ、そそくさと部屋を出ていった。静かに戸を閉める。

「おい、お栄。庄三郎という男は、真興の出迎えに上屋敷に向かう湯瀬を邪魔したとき、一緒だったのか」

兜太がきいてきた。

「はい、やくざ者に扮していました」

「おまえが庄三郎を殺したのは、わしに抱かれた晩だな。あのとき、おまえの体は氷のように冷え切っていた。あれは長いこと外に出ていたからだな」

お栄はなにもいわず黙っていた。

「お栄、庄三郎という男は、本当に裏切り者なのか」

「はい」

そうか、といって兜太が立ち上がる。お栄は見上げた。

「お栄、昨夜は助かった。礼をいう。おまえの助けがなければ、わしは湯瀬直之進《や》に殺られていたかもしれぬ」

刀架にかけてある両刀を腰に差した。

「お出かけですか」

「房興のところへ行く。例の別邸だ。それと、石添兵太夫に首尾を知らせなければならぬ。わしの戻りを情人《いろ》のように待ち焦がれていよう」

兜太が苦い笑みを浮かべる。

「吉報を待っておろうが、真逆のことをいわねばならぬ」

「員弁さま、傷は」

「おまえの手当がよかったようだ。まだ痛みはあるが、だいぶよい。医術の心得があるのだな」

「こういう仕事をしている以上、身につけなければ生きていけません」

「ふむ、そういうものか」

兜太が土間に立つ。外の気配を嗅いでいる。

「誰かいますか」

「いや、張っている者はおらぬ。だが、じきに湯瀬直之進でもやってきそうな雰囲気はあるな。いやな感じだ」

いきなり振り向き、兜太が見つめてきた。

「お栄、庄三郎の首をどうして切り取った」

「昔の忍びと同じです。隠密である以上、死に顔を晒すわけにはいきません」

「戦国の世の忍びは、火薬で自らの顔を潰したというな。切り取った首はどうした」

「この家の庭に埋めました」

「本当は、自分だけのものにしたかったのではないのか」

——そうかもしれない。

兜太がうなずき、不意にいった。

「お栄、逃げろ。わかっていて、死ぬことはない」

がらりと戸をあけ、外に出ていった。

風が吹き込んでくる。お栄は戸口に立ち、外を見た。もう兜太の姿は見えなかった。

お栄は戸を閉めた。

員弁さまはわかっていらした。

お栄は上がり框《かまち》に腰を下ろし、ぼんやりと庄三郎のことを思い返した。

あの男にはいくつかの偽名があった。

それは、この仕事をしている以上、当たり前のことだ。お栄もほかの名を使ったことが何度もある。

お栄と庄三郎は隠密同士だった。祝言は挙げていないが、夫婦も同然だった。心でしっかりと結ばれていると思っていた。

それが、庄三郎はよそに女をつくり、じきに子が生まれようとしていた。

あの晩も、庄三郎はおりょうのもとに行こうとしていた。行かないで、と頼んでも聞く耳を持たなかった。

庄三郎がどういう道順を取るか、お栄にはわかっていた。隠密として、あるまじき迂闊さだった。お栄は先回りして待ち構え、庄三郎を殺したのだ。

目を閉じた。土間は寒いが、それがなんとなく今の気分に合っていた。

風が耳元を吹きすぎてゆく。その音でお栄は目をあけた。風など家のなかには吹き込んできていない。うつらうつらし、夢を見ていたようだ。腰高障子越しに土間に入る光の量が、目を閉じる前とだいぶちがっている。半刻ほどは寝ていたようだ。

お栄はふと、庄三郎が死んだことをおりょうは知っているのだろうか、と思った。おりょうは今どうしているのだろう。庄三郎は、どれほどの金を渡していたのだろうか。腹に子を抱え、困ってはいないだろうか。

庄三郎を殺しておきながら、おりょうのことが気になって仕方ない。お栄は自分のことが解《げ》せなかった。おりょうは好きな男を横取りした女だ。その女の行く末を気にかけるなんて、自分らしくない。お栄は、このままでは隠密として生きていけなくなると肌で感じた。

――出かけよう。

すぐさま身なりをととのえたお栄は家を出た。そのとき視線を感じた。外の気配を嗅ぐことなく、出てしまった。しまったと思ったが、もはやあとの祭りだ。

前途を阻むように、町方同心がふらりと姿をあらわした。

「お栄さんだね」

思いやりを感じさせる声をかけてきた。

「はい、そうですが」

お栄にとぼける気はない。さっき兜太もいっていたではないか。いやな感じだと。この町方同心は自分のことをすでに知っていて、きいているのだ。

それにしても、ずいぶんと優しげな眼差しをしている。庄三郎を殺したことで生じた心の隙間に温かな風が吹き込んできたような気がした。

物腰だけ見ていると、どこかなよっとしているのだが、芯は一本、しっかりと通っているようだ。ただの定廻り同心ではない。頭のめぐりもよさそうである。

それがどうしてか、ただの一人である。連れていなければならないはずの中間はどうしたのだろうか。そんなことをお栄は思った。

「おまえさんの亭主のことで、話を聞きたいんだ」

腹に力を込めて定廻り同心がいった。

「この先に茶店があるね。そこで話を聞かせてもらっていいかい」

「はい、かまいません」

逃げるのはたやすかったが、なんとなく、この同心の顔を潰すのはかわいそうな気がした。

二人で茶店に入った。定廻り同心が奥のほうに陣取り、茶と団子を頼んだ。

「お饅頭《まんじゆう》も食べるかい」

「いえ、けっこうです」

「そうかい。おいしそうだよ」

定廻り同心が、ほかの客たちが食しているのを見る。

「それなら、いただきます」

「よかった。おいらも食べたかったんだよ」

やんちゃ盛りの男の子のように笑い、定廻り同心が饅頭も注文する。

茶と団子がすぐにもたらされた。腹を空《す》かしているのか、いただくよ、といって定廻り同心が団子を手にし、かぶりついた。

「うん、おいしいね。あまりたれは甘くないけど、お団子はなかがしっとりして、旨みが出てくるよ。こういうのは、なにか幸せを感じるよね」

「はい、本当に」

定廻り同心の人柄に誘われるように、お栄も団子を口にした。おいしさが広がってゆく。お栄が笑うと、定廻り同心が顔をほころばせた。

近くなのに、この茶店には初めて入った。お栄は、もっと早く来ればよかったと後悔した。

「おいらは樺山富士太郎というんだ」

定廻り同心が名乗る。

お栄は一礼した。

「お栄さんの亭主は庄三郎さんだね」

「はい。正式に一緒になったわけではありませんけど」

「ああ、そうなのかい」

初耳だったらしく、富士太郎という同心は少し驚いたようだ。

「庄三郎はここのところ、家に帰ってきていないね」

「はい、さようです」

「どうして帰ってこないか、知っているかい」

「さあ、存じません。樺山さまはご存じなのですか」

うん、と富士太郎が答え、厳然たる口調で続けた。

「殺されたからだ」

「ああ、そうなのですか」

富士太郎がじっと見ている。

「あまり驚かないね」

ええ、とお栄はいった。

「亭主は女癖が悪くて、いつかそれが命取りになるような気がしていました。近所の女房衆にも、盛んに色目を使っていましたし、こんな日がくるんじゃないかって思っていました」

それはお栄の本音である。いつか庄三郎を殺すときがやってくるのではないか、とお栄は自分に恐れを抱いていたのだ。

「色目を使っていたのではなくて、使われていたんじゃないのかい」

お栄は首をかしげた。

「そうかもしれませんけど、どっちもどっちでしょう」

「そうだね」

富士太郎が素直に相槌を打った。

「誰が庄三郎を殺したか、知りたいかい」

お栄は富士太郎を見つめた。

「樺山さまは、私を疑っていらっしゃるのでしょう」

「どうしてそう思うんだい」

「女の勘です」

「女の勘か。よく当たるよね」

「樺山さまの勘はいかがですか」

「当たるっていわれているよ。人によっては番所一ともいわれている」

「それはすごいですね」

お栄は心からほめた。

「でしたら、私が犯人であるのは、もう動かしがたいことなのではありませんか」

富士太郎はそれには答えなかった。話題を変えてきた。

「お栄さんはいくつだい」

「もう二十六です。大年増《おおどしま》ですよね」

「いや、そんなことはないさ。お世辞じゃなく、お栄さんは若いよ。ところで、庄三郎とはどうやって知り合ったんだい」

「幼なじみでした。江戸にも一緒に出てきました」

「へえ、そうか、幼なじみなんだ。二人の出はどこだい」

「上方ですよ。京の都近くの在所です」

「それにしては、なまりがないね」

「江戸はもう長いですから、江戸言葉にも慣れました」

自分たちの出が尾張であることを、この同心は知っているのではあるまいか。

「江戸にはいつ出てきたんだい」

「かれこれ十年ばかり前です」

「十六のときか。わけは」

「二人で駆け落ちしたんです」

「駆け落ちかい。それはまた思い切ったことをしたね」

「ええ、そうですね。若かったから、できたんだと思います」

「お栄さんの両親は、二人の仲を認めなかったということかい」

「ええ、好きでもない許嫁を押しつけようとしていました」

「実家は商売かなにかをしているのかい」

「いえ、商売はしていません。ただ、旧家なのでいろいろとあって」

「じゃあ、いいところのお嬢さんなんだね。庄三郎のほうは」

「うちの隣のお百姓でした。小作ではなく、自分で土地を持っている家でしたけど、あまり裕福とはいえませんでした」

「お栄さんは一人娘だったのかい」

「いえ、上に兄と姉がいました。私は嫁に行かされそうになったのです。それで、あの人と手に手を取って故郷を逃げ出したのです。行くのなら江戸だって、前から二人で話し合って決めていましたから、ためらいはまったくありませんでした」

「それ以来、故郷に帰ったことはないのかい」

「はい、一度も」

「寂しくないかい」

「最初の頃は寂しいと感じたこともありましたけど、じきに慣れました。今はもうときおり思い出すくらいです」

　富士太郎が一息入れ、茶を喫した。湯飲みを縁台の上に置く。

「庄三郎の生業はなんだったんだい」

「渡りの包丁人です。でした、というべきなんでしょうね。でも、最近はうどん職人を目指していました」

「包丁人からうどん職人かい」

「うどんが大の好物なので、昔からどうしてもやりたいと思っていたようです。お客のよろこぶ顔が直《じか》に見られるので、商売をしていてきっと楽しいのではないかと思っていたようです」

「うどんはおいしいよね。おいらも蕎麦切りに劣らず好きさ」

　富士太郎が湯飲みを両手で包み込んだ。

「こうしていると、あたたかくてほっとするよ。寒いとき、あたたかなものはありがたいねえ。ああ、甘酒があるね。飲むかい」

「いえ、けっこうです」

「そうかい。すまないが、おいらはいただくよ」

　富士太郎が甘酒を頼む。待つほどもなく小女が持ってきた。富士太郎が熱々をふうふういいながら、そっと飲む。

「ああ、おいしいなあ」

「私も頼んでいいですか」

　富士太郎がにっこり笑う。

「もちろんだよ」

　お栄も甘酒を口にした。砂糖を惜しまず使ってあり、たっぷりとした甘みが体中に染み渡る感じで、胸がほんわかとする。

「ほんとおいしい」

「そうだよね」

　お栄と富士太郎は笑い合った。

　そのとき富士太郎が目の前の通りに目をやり、表情をさっと引き締めた。

「直之進さん」

　通りを行く侍に声をかけた。あっ、とお栄は心中で悲鳴を漏らした。湯瀬直之進が中間らしき男とこちらに顔を向けている。

　そういうことか、とようやくお栄は思いが至った。富士太郎という同心は直之進と知り合いで、中間は直之進を呼びに走ったのだろう。だから同心はひとりだったのだ。迂闊にも、そのことにまったく気づかなかった。

直之進が富士太郎を見つめ、隣に座っているお栄に視線をぶつけてきた。

お栄はその目を避けるように立ち上がり、茶店の左に走った。ごめんよ、と謝りながら富士太郎がつかみかかってきた。

それをかわしたお栄は手刀《てがたな》を繰り出し、富士太郎の首をびしりと打った。ぎゃっ、と口から泡を吹いて富士太郎が昏倒する。手加減したから、首の骨が折れるようなことはないはずだ。

「旦那っ」

中間が叫び、茶店に駆け込んできた。お栄は茶店を抜け出た。他の客たちが騒然とし、悲鳴が渦巻いている。縁台が倒れ、器が割れる音が響く。

お栄は走り出した。

「待て」

直之進が追いかけてくる。

お栄は足を速めた。だが、直之進のほうがはるかに速い。

このままでは追いつかれる。一瞬、捕まってもかまわないような気がした。そのほうが楽ではないか。

だが、今はなんとしても逃げきりたい。

お栄は道の右端に杉の大木が立っているのを目にした。えいや。それに向かって飛びつき、太い枝にぶら下がった。直之進が突進してくる。お栄を引きずり下ろそうと飛びついてきた。

その一瞬前にお栄は腕に力を込めて体を回し、直之進の手を逃れた。そのまま杉の木を猿のように登ってゆく。小さい頃から木登りは得手で、その巧みさに頭も半ば感心し、半ばあきれていたほどである。

直之進も登りはじめているが、得意とはいえないようだ。高いところが苦手なのではないか。顔が蒼白になっている。もっとも、まだ二丈も登ってきていない。

お栄は一番上までするするとやってきた。高さは、七丈は優にあるだろう。見晴らしがよい。大気も地上より冷たく感じられる。

眺めはすばらしく、江戸の町が一望できる。家並みが見渡す限り続いていた。我知らず息をのんでしまう。千代田城に天守はないが、もしあれば、そこからはこんな感じに見えるのだろうか。

いや、昔焼けてしまった天守は二十丈近い高さがあったとも聞いている。こんなものではないだろう。

下を見た。直之進は一所懸命に登ってきている。今は四丈ほどまで来ただろうか。できるだけ下を見ないようにしているのがわかり、ちょっとかわいそうになった。

ここから飛び降りて死ぬのは楽だ。だが、お栄にそんなことをする気はない。下に降りはじめた。それを見て直之進が、おっと意外そうな顔をする。

お栄は五丈ばかりの高さまで降りた。直之進はほんの二尺下にいる。

「観念したのか」

「まさか」

お栄は太い枝に立ち、端のほうに進んだ。お栄の重みを受けて、枝が少ししなる。

「なにをする気だ」

「こうするのよ」

お栄は枝を蹴った。あっ、という声が追ってきた。宙を飛んだお栄の体は、隣家の庭に立つ背の低い松にぐんぐん迫っていく。お栄は、がしっと一本の枝をつかみ、勢いをつけて再び宙を飛んで家の屋根の上に立った。それを杉の木から直之進が呆然と見ている。

お栄は屋根を走り、さらに次の家の屋根に飛び移った。それを繰り返してゆき、振り返ってみると、先ほどの杉の木は針ほどの大きさになっていた。

あの木に、まだ直之進はしがみついているはずだ。ちゃんと降りられるのだろうか。子供ならともかく、大の大人である、自力でなんとかするにちがいない。

杉の木が風景に溶け込んだところで、お栄は人けがないのを見計らい、狭い路地に飛び降りた。と思ったら、小さな女の子が二人、地面にお絵描きしていた。

二人はびっくりしてこちらを見上げていたが、お栄が笑みを見せると、にこりと笑い返してきた。再びお絵描きに熱中しはじめる。

お栄は息をつき、路地を歩きはじめた。路地から広い道に出て、相変わらず大勢の人が行きかう江戸らしい雑踏に身を紛れ込ませた。

——逃げろ。

兜太の言葉が頭にこだまする。

お栄の心に、ふたたび隠密としての心構えが戻ってきていた。

お栄は行きかう人の顔を見ないよう、下を向いて歩き続けた。

失態以外のなにものでもない。

二

杉の木の上で直之進は声を失った。すでにお栄の姿はどこにも見えない。

あとほんの少しで手が届いたのに、まさか取り逃がすとは夢にも思わなかった。お栄という女があんなに敏捷で、猿のような技を持っているとは知る由《よし》もなかった。とはいえ、やはりどこかに油断があったのだ。

お栄が木に登ったのは、逃げ場を失ったための苦肉の策でしかないと思っていた。ところが、お栄は高いところを大の得意としていたのである。それに対し、こちらはとても得手とはいえない。

せっかく富士太郎がお膳立てしてくれたのに、台無しにしてしまった。樹上で直之進は首を振った。途端に風景がぐわんと音を立てて揺れたような気がして、あわてて幹にしがみついた。

「直之進さん」

下から声がかかった。こわごわ見ると、富士太郎と珠吉が手庇《てびさし》をかざして見上げていた。

「大丈夫ですか。降りられますか」

「うむ、なんとかする」

ここまで登れたのだから、降りるのはどうとでもなるだろう。

直之進は慎重に枝を握り、幹を伝っていった。地面に足が着いたときには、心からほっとした。全身、汗びっしょりだった。

「直之進さん、よかった、よかった」

富士太郎が駆け寄ってきた。

「湯瀬さま、ひやひやしましたよ」

珠吉は手に汗握っていたようで、手のひらを手ぬぐいでしきりにふいている。

「すまん、富士太郎さん、珠吉」

直之進は頭を下げた。

「しくじった」

富士太郎が穏やかに首を振る。

「あれは仕方ありません。誰が追っても、捕らえることはできませんよ」

「ええ、ええ、旦那のいう通りですよ。お栄という女があんな技を持っているのを知っていても捕らえるのは至難の業《わざ》でしょうに、まったく知らなかったんですからねえ」

だが、慰められても、取り逃がしたという思いは消えない。お栄が杉の木に飛びつく前に、捕まえることはできたのだ。

「直之進さん、それがしもいけなかったのですよ。お栄を捕らえようと思えば捕らえられたのに、二人で甘酒を飲み、のほほんと話をしていたのですから。直之進さんが来たときにどうするか、事前にしっかりと決めておけばよかったのに、そうしていなかった」

「富士太郎さん、首を手刀で打たれたな。大丈夫か」

直之進は本気で案じた。富士太郎が首筋をさする。

「ええ、平気です。やられたときは、首にしびれが走って目が回り、目の前が真っ暗になったんですけどね。きっとお栄なりに手加減してくれたんだと思います」

お栄は兜太の手下だろうが、富士太郎に斟酌《しんしゃく》したのは、その優しさに触れたためか。

「直之進さん、次ですよ、次」

富士太郎が元気よくいった。

「そうですよ、湯瀬さま、元気をお出しください」

珠吉が言葉を添える。

確かに、ここでくよくよしていてもはじまらない。嘆いたからといって、お栄が戻ってくるわけではないのだ。

「わかった」

直之進は力強くうなずいた。

「過ぎたことにこだわっていてもしようがない。よし、前を向くぞ」

それを聞いて富士太郎がにっこりとする。珠吉もうれしそうだ。

「それでこそ湯瀬直之進ですよ」

「ただ、俺に目算がないわけではない」

直之進は二人にいった。

「お栄の行き先についてだ」

「えっ、まことですか」

富士太郎が顔を輝かせる。珠吉は興味津々の顔つきをしている。

「うむ。和四郎どのが追いかけている」

「和四郎さんか。では、また一緒に仕事をされているのですね」

「うむ、そうだ」

直之進は自分が土井家の剣術指南役になったのは、和四郎の上役である登兵衛の依頼によるものだったことを明かした。兜太が尾張の出で、土井家の今の当主宗篤が尾張家からの養子であることに、富士太郎も珠吉も思いが至ったようだ。

富士太郎が、お栄の去っていった方角を見やる。

「和四郎さんが追いかけているのですか、それは安心ですね」

「うむ。お栄並みとはいかぬかもしれぬが、和四郎どのも身ごなしは相当なものだ。むろん撒かれる恐れがないわけではないが、きっとうまくやってくれよう」

「あの、直之進さん。はなから二人で、そういう分担をしようと決めていたのですか」

富士太郎がきいてきた。

「もし直之進さんがうまくいかなかった場合、和四郎さんがすぐさま尾行にかかるという分担ですけど」

「いや、そういうわけではない。ただ、追跡にかかった場合など、互いに距離を置こうという話は事前にしていた。そうすれば、不測の事態が起きても、まったく応じられぬことはあるまいと」

「すばらしいですね。——珠吉、おいらたちも見習わないといけないね」

「まったくですよ」

珠吉が深くうなずく。

「それで直之進さん、これからどうしますか。ここで和四郎さんの戻りを待ちますか」

「いや、お栄の家を見に行きたいな。房興さまの居場所について、なにか手がかりを残しているかもしれぬ」

直之進はあたりを見回した。

「ここに戻ってきたときに俺がいなければ、和四郎どのは俺がどこに向かったか、きっと店の者にたずねよう。お栄の家がどこかは知らぬから、茶店で待つように言伝を頼もう」

直之進は、店の者に事情を話し、富士太郎と珠吉と一緒に道を歩き出した。

富士太郎が、お栄は首なし死骸の犯人であると告げた。

「首なし死骸の事件があったのか」

「ああ、ご存じありませんでしたか」

富士太郎があらましを説明する。

「そうか、お栄はその事件の犯人なのか。しかし、降り積もった雪にその庄三郎という男の足跡しかなかったというのは、なんとも不思議だな。お栄はどうやって庄三郎を殺し、その場を去ったのだろう」

富士太郎の瞳に光が宿ったのを直之進は見た。

「お栄のあの身ごなしを見て、そうではないかと思ったことがあります」

「えっ、旦那、わかったんですかい」

珠吉が驚きの声を上げる。

「お栄を引っ捕らえて、ちゃんと話を聞かないと、合っているかどうかわからないけどさ」

「早く話してください」

珠吉がせがむ。

「なんだい、珠吉にしては珍しいね。そんなに知りたかったのかい」

「当たり前ですよ。あっしはああいう不思議なのは、大好きなんですよ。大好きってのは、言葉の綾《あや》ですけど。それに、事件のあの場であっしが、殺し方についていろいろといったのを、旦那は全部打消したんですからね」

「珠吉、あれをうらんでいたのかい」

「うらみというほどのものじゃありませんよ。旦那、早く話してください」

わかったよ、と富士太郎がいい、唇を湿らせる。直之進は、一言も聞き漏らさぬという姿勢を取った。

「珠吉、死骸が横たわっていたそばに、二本の杉の木があったのを覚えているかい」

珠吉がうんうんと顎を動かす。

「ええ、覚えてやすよ。二軒の家の庭にあった、同じような高さの杉の木ですね。道に沿うように北側と南側に立っていて、互いの距離は五間ほどでしたか。──まさか旦那、お栄はあの杉のどちらかに登っていて、下を行く庄三郎に向かって飛び降りたって、いうんじゃないでしょうね」

「そのまさかだよ」

富士太郎がにんまりと笑う。ええっ、と珠吉が不満の声を漏らす。

「ただし、長い縄を体にくくりつけていたんだ。庄三郎はおりょうの家に行くために、北へと向かっていた。それを待ち構えていたお栄は、南側の杉の木の枝に立っていた。体にくくりつけた縄のもう一方の先は、北側の杉の木に結《ゆ》わえられていた」

「それで」

珠吉がうながす。

「なにも知らずにやってきた庄三郎が二本の杉の木の真ん中に当たる場所まで来たとき、お栄は杉の木から飛び降りた。縄に引っ張られてお栄の体は宙を飛ぶ。背後からのいきなりの風音に驚いて振り向いた庄三郎の頭を、お栄は殴りつけた。それが庄三郎の命を奪ったのか、それとも、気絶させただけなのかはわからない。とにかく、庄三郎は雪の上にばったり倒れた」

「ああ、そういうことか。振り向きざまを襲われたから、庄三郎は仰向けに倒れていたんですね」

うん、と富士太郎が顎を引いた。

「果たして意図したのかどうか、お栄は庄三郎の体の上に乗る形になった。それから首を切り取ったんだ。庄三郎の首は風呂敷に包んで背に負い、お栄は両の手で縄を手繰《たぐ》り、振り子のように体に勢いをつけて北側の杉の木に飛び移ったんだ」

「どうしてそんなことをしたんですかい。そのまま雪の上を歩いていけばよかったのに」

「縄の始末をしたかったんだろうね。そんな長い縄を杉の木に残していくわけにはいかないから。お栄としては別に雪の上に足跡を残さないようにしようなんていうつもりは、はなからなかったんだと思うよ。あの日、雪が降っていなくても同じ手口で殺していたはずなんだ」

「でも、どうしてわざわざ杉の木の上で待ち構え、飛びかかるなんていう殺し方をしなきゃあ、いけなかったんですかい」

「庄三郎も兜太の手下で、腕はまずまず立ったんだろうね。庄三郎を殺すのに、お栄としては工夫を凝らさなければならなかったんだろうね。まさかまったく人けのない道で、上から襲ってくるとは庄三郎も夢にも思わなかっただろうね」

「頭の上は死角だからな」

直之進は二人にいった。

「だから、人というのはよく頭をぶつけるんだ。どうしてこれに気づかなかったのだろうと、自分でも不思議に思うのは、よくあることだから」

「おいらもよくぶつけますよ。直之進さんもぶつけるんですか」

「ときたまある」

「ほら、珠吉。直之進さんほどの腕前の人でもぶつけるんだから、庄三郎では頭上からの攻撃にひとたまりもなかったんだよ」

「なるほど、そういうものですか」

うなるように珠吉がいう。

「解き明かしてみると、なにかあっけないものですね。もっと手の込んだやり方をしたと思っていたのに」

「そんなものなんだよ。所詮《しょせん》、人が考えることだからね」

富士太郎がいい聞かせるようにいったとき、お栄の家に着いた。建ってからまだそんなにときは経過していないようで、板壁などはまだ十分に新しさを感じさせる。そんなに大きくはないが、もし自分がおきくと夫婦二人で暮らすのなら、このくらいでちょうどよかろうと直之進は思った。

お栄の家に錠の類はなく、なんの支障もなく入ることができた。なかは掃除が行き届いており、こざっぱりとしていたが、家財などはほとんどなく、房興の手がかりにつながりそうなものを見つけることはできなかった。ただ、なにか頭を押さえつけてくるような重い雰囲気が、余韻のように残されていた。

これはなんだろう、と直之進は思った

「もしやすると、ここには員弁兜太がいたのかもしれぬ」

直之進は富士太郎と珠吉にいった。えっ、と二人が驚きの色を浮かべ、家のなかに注意深い視線をめぐらせる。

「いや、今はおらぬゆえ、安心してもらってよい。それに、あくまでも、いたかもしれぬ、というだけのことだ」

「でも、直之進さんがそうおっしゃるんなら、あの化け物はいたんでしょうね」

直之進は顎を引いた。

「富士太郎さんと珠吉がこの家を張る前に、兜太はすでにここをあとにしていたのかもしれぬ」

はっとひらめくものがあって、直之進はしばらく沈思した。

「庄三郎の首はここにあるかもしれぬ」

「あっ、そうか。お栄が持ち帰ったのなら、十分に考えられますね」

「となると、庭ですかね」

珠吉がいって、折りたたんだ提灯を懐から取り出した。夕暮れ間近で、すでに家のなかはだいぶ暗くなっている。

外はなかほど暗くはなかったが、冬の短い日は西に大きく傾き、残照が江戸の町を淡く照らし出していた。あと四半刻ばかりで、江戸の町は真っ暗になるだろう。

直之進たちは、さして広いとはいえない庭をくまなく見て回った。

「ここではないでしょうか」

富士太郎が声を発した。直之進が行ってみると、虫にでもやられたのか途中で折れた桜の古木の前の土が、そこだけ色濃くなっていた。確かに、最近掘り返された跡に見える。

「ちょっと鋤《すき》でも探してきますよ」

提灯で土を照らしていた珠吉が、庭の端に建つ物入れらしい小屋に向かった。ごそごそやっていたが、すぐに鍬《くわ》を手に戻ってきた。

「いいものがありましたよ」

さっそく土を掘りはじめる。

一尺ほど掘り進めたとき、鍬がなにかに当たったのがわかった。珠吉が鍬を置き、手で土をかき出した。

「風呂敷ですね」

土のあいだから、真っ黒になった布がのぞいている。いつの間にか生臭いにおいが漂いはじめていた。直之進がまだ小さな頃、屋敷そばに埋められていた犬の死骸が烏《からす》にほじくり出されたときとよく似たにおいである。

風呂敷は、ちょうど首が入るくらいの大きさに丸まっている。珠吉が慎重に風呂敷を穴から引き出した。それを静かに土の上に置く。

「もはや見るまでもないかもしれませんけど」

珠吉が、そろそろと風呂敷をはいでゆく。

やがて顔があらわれた。

冬ということも関係しているのか、においはひどいものの、まだそんなに形は崩れていない。

この男は、と直之進は見つめながら思った。お栄を追いかけてきたやくざ者だ。六人ばかりいたなかで、一人、役者のようにととのった顔立ちをしていた。

「庄三郎でまちがいないね」

念を押すように富士太郎がいった。

「ええ、目は閉じていますけど、おりょうさんの言をもとに旦那が描いた人相書とそっくりですよ。旦那、この首はどうしますかい」

「ここに置いてゆくわけにはいかないから、番所に持っていくしかないだろうね」

「わかりやした」

珠吉が風呂敷に包み直す。それをさらに手ぬぐいでくるんだ。

「いや、珠吉、この首はやっぱり自身番に預けていこう。誰かに番所まで持っていってもらえばいいよ。ここまできたら、おいらも和四郎さんの話を聞きたいからね」

さいですね、と珠吉が同意を示す。

直之進たちは家の外に出た。

「直之進さん、ちょっとこの首を預けてきますよ。茶店の前で待っていてください」

「面倒をかけるな。首が埋まっているかもしれぬなどといわねばよかった」

「いえ、あんな暗いところから出してもらって、庄三郎も喜んでいますよ。それがしはよいことをしたと、心より思います」

首を大事そうに抱えている珠吉も、横で深くうなずいている。

「では、自身番に行ってきます」

富士太郎が珠吉とともに去ってゆく。ますます暗さが増してゆくなか、二人の姿は見えにくくなり、珠吉の代わりに富士太郎が持つ提灯だけが、ぼんやりと灯りを放っていた。やがて、それも風に吹き消されたかのように見えなくなった。そこまで見送ってから、直之進は茶店に急いだ。もう店は終わってしまっているかもしれない。

案の定、茶店はすでに閉まっていた。戸板が立てられた暗い建物の前で、提灯を掲げた和四郎がぽつねんと立っていた。冷たい風に吹かれる姿が、どこか寂しげに見えた。

なにかかわいそうなことをしたような気になり、直之進は足を速めた。和四郎が直之進に気づき、ほっとした顔になる。小さく笑みをのぞかせたが、それは幼子のようにあどけなかった。

「すまぬ、待たせた」

「いえ、手前もいま来たところですよ」

「それで、どうだった」

直之進は、はやる気持ちを抑えきれずにたずねた。

「見つけました。向島《むこうじま》です。名もないような小さな神社の拝殿に入っていきました。おそらく無住《むじゅう》の神社だと思います」

「向島か」

「まいりますか」

「もちろんだ。だが、富士太郎さんたちがすぐに来るゆえ、ちょっと待ってくれるか」

「もちろんです」

待つほどもなく、富士太郎たちが急ぎ足でやってきた。提灯を手に珠吉が先導している。直之進たちは向島を目指し、歩きはじめた。

向島に入って、ほんの三町も行かないところで前を行く和四郎が足を止めた。

「あそこです」

そっと指さす。

半町ほど先に、こんもりとした杜《もり》が夜空を背景に盛り上がって見えている。境内の広さは百坪もないだろう。確かに小さな神社である。ちんまりとした鳥居が杜の入口に立っている。その先に石畳が敷いてあり、それが突き当たったところに拝殿があった。境内に建物はそれだけで、ほかには見当たらない。

直之進は神経を集中して、拝殿の気配を嗅いだ。人けは感じられない。なにか寒々しいものを覚えた。これはなんなのか。

「人はいないようだな」

「えっ、じゃあ、あれからあの女はどこかに行ったということですか」

落胆を表情に出して和四郎がいう。

「とにかく行ってみよう」

直之進たちは鳥居の前に進んだ。ここでも直之進は気配を嗅いだが、やはり人けは感じられない。拝殿は無人であろう。ただし、寒々しい感じは先ほどと変わらず漂っている。

「富士太郎さん、どうする」

直之進はささやきかけた。

「町方は許しがないと、寺社には足を踏み入れることはできぬのだったな」

「それは犯人が逃げ込んだときですよ」

富士太郎が押し殺した声で返す。

「探索の際には、許しは必要ありません。でも、寺社方のうるさい人に見つかると、面倒になることもないわけではないんですが、こんな寂しいところに寺社方はいないでしょう」

直之進たちは石畳を踏んで拝殿に近づいた。

近寄るにつれ、無人であるという直之進の確信は動かしがたいものになった。

三段の低い階段を上り、直之進は拝殿の扉をひらいた。かび臭さとともに、錆《さび》のようなにおいが漂い出てきた。むっ、と直之進は顔をしかめた。

拝殿の床に黒い人影が横たわっていた。直之進はゆっくりと近づき、しゃがみ込んだ。血のにおいがますます強まった。人影の横に大きな血だまりができている。

「どうしました」

富士太郎がうしろから声を投げてきた。

「人が死んでいる。どうやら刃物で刺し殺されたようだ」

「ええっ」

富士太郎が入ってきた。

「女ですね」

「お栄ではないか。灯りをくれるか」

和四郎がうしろから提灯を差し出す。死骸の横顔が淡く照らされた。

「やはりお栄だ」

　直之進が感じていた寒々とした雰囲気は、ものいわぬお栄が発していたものだったのだろう。お栄は横顔しか見せていないが、あまりうらみを抱いて逝《い》ったという感はない。どこか安らかさを感じさせる。むしろ、死んで安堵したというような表情にすら見えた。多分、庄三郎を殺してから、気の休まる暇はなかったのではあるまいか。

「直之進さん、お栄はどうして殺されたんでしょう。誰が殺したんでしょうか」

　富士太郎が立て続けにきいてきた。

「口封じかもしれぬな」

　富士太郎が苦い顔をする。

「員弁兜太ですか」

「さて、どうだろうか」

　眉根を寄せて、直之進はお栄を見つめたまま首をひねった。

「員弁兜太は、行列に斬り込んで我が殿を襲ったときも、上屋敷に押し入ったときも、無駄な殺生をしておらぬ。傷ついた家中の士は何人もいるが、死んだ者はただの一人もおらぬ。おそらく、家臣に対して手加減したのだろう。そういうことをする者が、今さらお栄を殺すとは俺には思えぬ。誰か別の者の仕業ではないだろうか」

富士太郎がお栄を凝視して、ため息をつく。

「やはり茶店で捕まえておけばよかった」

直之進はさっと立ち上がり、富士太郎に目を当てた。

「富士太郎さん、後悔するのはもうよそう。前に進めぬ」

「湯瀬さまのおっしゃる通りですよ。愚痴《ぐち》をいったところで、しようがありませんや」

珠吉がきっぱりという。

富士太郎が顔を上げて直之進を見る。

「そうでしたね。それがしたちは、常に前を向いていなきゃいけないんでした。でなければ、殺された仏も成仏《じょうぶつ》できない」

「その通りだ」

直之進は富士太郎にうなずいてみせた。

「富士太郎さん、お栄の遺骸はどうする」

「ここには置いておけませんね。本当ならば寺社方の者を呼び、医者にも来てもらって検死しなければならないのですが、今からですと、相当のときがかかります。かといって、そのあいだほったらかしでは、お栄がかわいそうです」

　そうだな、と直之進はうなずいた。

「ですから、この村の者に来てもらい、番所まで運んでもらうしかないでしょうね」

「富士太郎さん、いいのか。正規の手続きを踏まずにことを行い、もし村人の口から、お栄が神社で死んでいたことが寺社奉行に知れるとまずいことにならぬか」

「なるかもしれませんが、そのくらい、なんてことはありません。それがしがお奉行からお叱りを受けるだけですから。煩《わずら》わしい手続きを経ずにすんで、寺社方はむしろ喜ぶのではないかと思います」

「富士太郎さん、たくましくなったな」

　直之進は心からほめた。

「直之進さんにそんなことをいわれると、ほんと、うれしいな」

　富士太郎が顔を引き締める。

「いや、喜んでいる場合じゃなかったな。村役人に頼んでこないと」

　じき五つになるのではないかという刻限に駆り出される村人たちは難儀なこと

この上ないが、殺されたお栄のほうがもっと哀れである。まだ二十六だと聞いた。尾張から江戸に来て、尾張徳川家のために裏の仕事に従事していたのではないかと直之進は思っているが、そんなお栄にも、一人の女としての望みがあったはずだ。それを永久に奪われたのである。

直之進は、房興を救い出すためだけでなく、お栄の無念を晴らすためにも、全力を尽くさなければならぬとかたく決意した。

三

天井をにらみつけた。

暗すぎて、夜目の利く直之進といっても、ほとんど見えない。

お栄の遺骸を載せた戸板とともに、町奉行所に引き上げてゆく富士太郎と珠吉を見送ったあと、直之進は和四郎と一緒に田端にある登兵衛の別邸に戻ってきた。用意されていた夜食で腹を満たしたのち、与えられている部屋に入り、布団に横になった。

お栄の死顔が脳裏に刻み込まれ、目を閉じてもなかなか寝つけない。八つの刻限を過ぎ、横になりながら天井をずっと見つめ続けているのである。

それにしても、と直之進は思った。どうしてお栄は殺されなければならなかったのか。

いったい誰が殺したのか。兜太ではないとやはり思う。

では、兜太以外では誰が考えられるか。

お栄が尾張から江戸にやってきて、裏の仕事を行う者だったのは、まちがいないだろう。尾張に敵対する者の仕業か。登兵衛たち以外にも尾張徳川家に敵意を抱き、暗闘を繰り広げている者は確実にいるのだろう。そういう者がお栄を殺したのか。

ちがう。お栄の死顔には、どこかほっとしたようなものがあった。敵方に殺《や》られて、あんな顔ができるのだろうか。

あの向島の名もない神社は、と直之進は考えをめぐらせた。尾張徳川家の裏の仕事をしている者たちが、つなぎの場として使っているのではないか。つまり、お栄は味方に会うためにあの場に行ったことにならないか。そのときにはすでに死を覚悟していたから、あのような安らかな顔で最期を迎えられたのではないか。

江戸において尾張徳川家の裏の仕事を行う組がどの程度の人数をそろえているかはわからないが、組の者をまとめる頭は当然いるだろう。

その者による口封じか。お栄が自分や富士太郎たちに捕まったのなら、頭が隙を見て口封じをするということも考えられぬではない。だが、お栄は自分たちからものの見事に逃げ去った。仮に捕らえられたとしても、ぺらぺらと白状するような女には見えなかった。

もし組の頭が殺したとするのなら、別の理由があるのだ。

別の理由——。

庄三郎殺ししか考えられない。あの役者のような男もお栄と同じく、尾張徳川家の裏の仕事をしていたのだろう。しかも、お栄とは一緒に暮らしていた男である。それをお栄がなぜか殺したのだ。

そのことでお栄は頭の逆鱗《げきりん》に触れ、殺されたか。

忍びのような者たちのあいだでは、掟破りをした者は容赦なく仕置されると聞く。それは太平の今の世も変わらないのではないか。

頭が配下に命じて、お栄の始末をさせたのか。それとも、頭自身が手を下したのか。

頭がお栄の死に関わっているとしたら、疑問が残る。

庄三郎殺しの直後ではなく、なぜ今になって頭はお栄を殺したのか。誰が庄三郎を殺したかを調べ上げ、その上でお栄であると断定して仕置に至ったか。

お栄の死顔には潔さが感じられた。お栄はとぼけることなく、庄三郎を殺したのは自分であると堂々と告げたのではないか。

――もしや。

直之進はひらめくものがあった。頭は庄三郎が殺されたこと自体、つい最近まで知らなかったのではないか。そのためにお栄の仕置が遅れたのではないか。

ならば頭は、庄三郎殺しをどうやって知ったのか。

お栄からじかに――。

いや、頭は庄三郎が首なしの死骸とされたことを知って、一緒に暮らしているお栄に事情を聞き、その上で仕置したのではあるまいか。

つまり、と直之進は思った。誰か、頭に首なしの死骸が庄三郎であると告げた者がいるのだ。

それは誰か。

直之進はがばっと起き上がった。目の前の暗闇をじっとにらみつける。

富士太郎さんではないか。あの腕利きの同心は忠実な中間とともに事件を丹念に調べ上げ、首なしの死骸が誰なのか、明らかにした。

死骸が誰か知った富士太郎は、庄三郎と関係していた者に話を聞いて回っただろう。そのなかで、庄三郎が殺されたことを知って、驚愕した者がいたにちがいない。

その者こそが、尾張家の裏の仕事をしている組の頭ではないだろうか。

直之進は布団の上で腕組みした。この考えにまちがいはないか。

ない、と直之進は断じた。

もうすぐ七つの刻限だ。富士太郎には悪いが、早朝に屋敷を訪ね、探索の経緯を確かめる。

お栄の死は、房興の身の危険を暗示している。

直之進は、急ぎ身支度をととのえた。

眉間にしわを造り、考え込んでいる。

そんな表情も、ずいぶん男らしくなったものだと直之進は頼もしく感じた。

富士太郎がすっと顔を上げ、直之進をまっすぐ見る。

「直之進さんのおっしゃる通りだと思います」

「富士太郎さんもそう思ってくれるか」

はい、と富士太郎がうなずく。

「江戸において尾張徳川家の裏の仕事を行う組というのは、確かにあるのでしょう。その組の頭がそれがしと珠吉に会って、初めて庄三郎の死を知ったというのは、十分考えられます。そして直之進さんがおっしゃるように、その頭というのは表の顔を持っているのでしょう」

口を挟むのはたやすかったが、直之進は黙ってじっと待った。

「吟七という店が怪しいと思います」

富士太郎がきっぱりといった。吟七というのは正八郎こと庄三郎が働いていた料亭とのことだ。

「それがしが怪しいと思う理由は、店主の豪三という男が、人を値踏みするような目を持ち、年のわりに引き締まった体をしていたからです。客商売をしている男にもかかわらず、あまり長く顔を合わせていたくないという思いを抱いたのを覚えています。それに、なにより、庄三郎の死を知ったときの驚きぶりは本物でした。きっと尾張家の裏の仕事をする者の根城は吟七なのでしょう。豪三が頭で、庄三郎を含めた奉公人が手下ですね」

うむ、と直之進はうなずき、力強くいった。

「これで房興さまを助け出すことができるかもしれぬ」

富士太郎が顔を輝かせる。

「今はまだ豪三は、こちらに気づかれたことを知らぬでしょう。それがしはこれより出仕し、お奉行にこのことを知らせることにいたします」

「まだ朝は早い。町奉行は会ってくれるのか」

直之進は夜が明けるのを待つことなく、登兵衛の田端の別邸から八丁堀の樺山屋敷を訪ねた。八丁堀に着いた頃にちょうど夜が明けはじめ、どの屋敷からも人が発する物音が響きだしていた。

「それは大丈夫です」

富士太郎が力強く告げる。

「緊急の際はいつでも参れ、といわれていますから」

「それは下で働く者にとって心強い言葉だ」

「まったくですね。それがしはお奉行に許しを得たのち、吟七を張ることにいたします。それがしや珠吉だけでなく、大勢の者を張り込みに駆り出すことができましょう」

富士太郎が見つめてきた。

「直之進さんはどうされますか」

「俺はある人に会ってくる」

「ある人というと」

直之進は間を一つあけた。

「土井大炊頭さまだ」

直之進は刀を手に立ち上がった。

「富士太郎さん、朝早いのに、会ってもらってありがたかった」

富士太郎もすっくと立った。微笑する。

「このくらい、人として当然のことですよ」

「だが、わかっていてもなかなかできぬ。富士太郎さんはたいしたものだ」

「そんなことはありません」

富士太郎が謙遜する。この気持ちのよい男とまだ話していたい気分だったが、そうしてもいられない。吟七の場所を聞いた直之進は樺山屋敷を辞し、土井家の上屋敷に急ぎ足で向かった。

長屋門を入り、屋敷の者に宗篤への面会を求めた。刻限は、六つ半にまだなっていないだろう。石添兵太夫は出仕していないはずだ。

ほとんど待たされることなく直之進は対面所に通された。

すでに上座で宗篤は正座しており、脇息《きょうそく》を使っていた。

「直之進、よう来た。それにしてもこんなに早くとは珍しいな。余が朝餉を終えていたからすぐに会えたが、まだだったら待ってもらうところであった」

宗篤がかたわらに目をやる。気がかりそうな色が瞳にある。

「兵太夫はまだだ。昨日は所用で来なかった。もしかすると、今日も来られぬかもしれぬとのことだ。いつも余のそばにいる、あの男としては、とても珍しいことだ。直之進、兵太夫抜きで話すのは初めてのことだな」

「御意」

宗篤が少し身を乗り出す。

「直之進、用件を申せ」

「は。その石添どののことでございます。殿はいま石添どのがどこにいるか、ご存じでいらっしゃいますか」

「屋敷にいるのではないか」

「いないと存じます。屋敷外ではいかがでございますか」

宗篤がかぶりを振る。

「いや、知らぬ」

「石添どのは別邸を持っていますか」

「尾張から来た者に、そんな贅沢《ぜいたく》が許されるはずがない」

それはその通りだな、と直之進は思った。一礼して問いを続ける。

「居所を知っていそうな者に、お心当たりはございますか」

宗篤がむずかしい顔をする。

「余にはないな」

ずいっと身を乗り出してきた。

「直之進、どうしてそのようなことをきく。兵太夫がどうかしたのか」

直之進は少し顔を上げ、宗篤を控えめに見つめた。

「今はまだ申し上げられませぬが、いずれお話しできる日もやってまいりましょう。このようないい方では殿をご不安にさせるだけでございましょうが、どうか、ご容赦ください」

「兵太夫がなにか悪事に関わっているのか」

宗篤が立ち、直之進のそばに降りてきた。

「まさか房興どののかどわかしに関わっているのではあるまいな。そうなのか、直之進、話せ」

肩を揺さぶられ、直之進は顔を上げた。

「殿には申し上げにくいのでございますが、どうやらそのようにございます」

宗篤が顔をしかめる。

「兵太夫はどうして房興どののかどわかしに関わっているのだ。湯瀬、話せ。これは命《めい》ぞ」

「今は申し上げられませぬ。このことについては、のちほど必ず申し上げます」

直之進は宗篤を振り切るようにしてその場を去った。

「直之進っ」

悲痛な声が追ってきた。

これで、と直之進は思った。土井家で剣術を教えることは、もはやあるまい。

長屋門を目指し、表御殿の長い廊下をひたすら歩いた。

不意に声をかけてきた者があった。

「おう、湯瀬どのではないか」

前剣術指南役の建林《たてばやし》三蔵《さんぞう》だった。

「しばらく所用で稽古を休むと聞いているが、どうかしたのか」

「はい、ちょっとわけがありまして」

「どのようなことだ」

「申し訳ありませぬ。今は話せませぬ」

三蔵が眉を曇らせる。

「あまりよいことではなさそうだな。なにか力になれることはないか」

直之進は三蔵を見つめた。

「建林さまは、石添どののことをよく知っておられますか」

「あまり存ぜぬが、おぬしよりもずっと詳しいであろうな」

三蔵が近くを見回し、かたわらの板戸をあけた。なかに直之進を引っ張り込むと、そそくさと板戸を閉めた。暗いが、光が幾筋も忍び込んできており、顔が見分けられるくらいには明るい。八畳の座敷で、なかには文机が一つ置いてあった。

三蔵にうながされ、直之進は畳に正座した。

「石添兵太夫は、とにかく殿が命《いのち》の男よ」

向かいに座るなり、三蔵がいきなり口をひらいた。

「殿のためならなんでもする男だ」

「殿のことを大事に思っているのは、よくわかります」

「湯瀬どの、わしは一度考えたことがある」

三蔵がぽつりといった。

「どうして尾張徳川家から、我が土井家に養子が入ってきたのか。こんなことは初めてのことだからな」

「答えは出ましたか」

「すぐには出なんだ。ただ、尾張から殿についてきた者から話を聞くと、殿は尾張でもたいそう評判がよかったそうだ。ひじょうに聡明で、名君の質を備えられていたゆえな。いずれ尾張徳川家をしょって立つ器と目されていたらしい。だが、それがなぜか尾張は養子に出してしまった。わしには不可解でしかたなかった」

そのあたりの尾張の動きに不審さを覚えたから、登兵衛たちは直之進を送り込むことを思いついたのかもしれない。

「わしはさらに考えた。田安家、一橋家、清水家のいわゆるご三卿の仕組みができて、尾張徳川家は将軍への道を絶たれた。だが幕府の要職に就き、日本を動かす道はまだ残されていると思案した者がいたのではないか、とわしは考えるに至った」

「それが石添どのですか」

「うむ。土井家は譜代の名門だ。老中だけでなく大老も出したことがある。その名門に名君の質を備えた宗篤さまを養子に入れる。宗篤さまはいずれ老中になり、日本を動かす者になる。そうなれば尾張を冷遇する時代は終わりを告げ、尾張の黄金期がやってくる」

そういう狙いがあって、尾張は土井家に宗篤さまを送り込んだのか。直之進は納得した。

「つまり宗篤さまは、尾張徳川家にとって希望の星ということだな。一番大事な人材をすんなり手放したのは、そういうことなのではないかとわしは思う」

となると、と直之進は思った。宗篤さまの出世のためなら、兵太夫はどのようなことでもするだろう。手段を選ぶこともないだろう。だが、どうして真興さまの命を狙わなければならぬのか。

「建林さまは、石添どのが今どこにいるか、ご存じですか」

「いや、知らぬ」

「さようですか」

直之進は立ち上がった。

「石添どのを捜すのか」

「はい、そのつもりです」

「石添どのは、悪事に関わっているのか」

瞳に不安の色を浮かべてきいてきた。

「はい」

直之進はごまかすことなく深くうなずいた。

「我が家《いえ》はどうなるのかな」

大丈夫でしょう、と気がかりを払拭《ふっしょく》できそうな言葉を明るい口調でかけてやりたかったが、まだ一抹の不安がある。今はそのことがうらめしい。

「なるようにしかならぬということだな。我らにできることはほとんどない。わしも湯瀬どのに力を貸したいが、体がいうことをきかぬ」

「お気持ちだけで」

直之進は一礼し、座敷を離れようとした。

「湯瀬どの」

　三蔵が声を発する。直之進は振り向いた。

「勝手なことを申すが、できればわが家にとってよい方向に導いてもらえたら、かたじけなく思う」

「尽力いたします」

　直之進は心からいった。

「この通り、お願い申す」

　三蔵が深々と頭を下げた。

　長屋門を出た直之進は、外で待っていた和四郎とともに吟七に足を向けた。富士太郎に聞いて、道順は頭に入っている。

「湯瀬さま」

　長屋門から一町も行かないところで、背後から声をかけてきた者がいた。声は女のものである。直之進と和四郎は振り返った。

「芳絵どの。どうしてここに。まさか土井屋敷を張っていたのではあるまいな」

「そのまさかです。石添兵太夫をとっ捕まえてやろうと虎視《こし》眈々《たんたん》狙っているのですけど、あの男の駕籠が昨日も今日も来ぬのです」

気が急《せ》いていたとはいえ、芳絵の気配にはまったく気づかなかった。迂闊でしかない。やはりおきくの目を盗んで房興の家を出てきてしまったのだ。

この娘が主君の正室になるかもしれない。畏れ多いものがあるが、それでも直之進は心を励まして言うことにした。家臣でも主君に諫言《かんげん》することがあるではないか。

「芳絵どの、勝手なことをせぬという誓いを忘れたのか」

「忘れてはおりませぬ。でも、房興さまのことが案じられてなりませぬ。家でじっとしていることなど、できませぬ」

「気持ちはわかるが」

「湯瀬さまは、どちらに行かれるのですか」

いっていいものか、直之進は迷った。

「吟七という料亭だ」

芳絵は大事な仲間である。やはり伝えぬわけにはいかない。

「その料亭になにかあるのですか」

そのことも教えた。

「尾張の裏の仕事を行う者たちの根城……」

芳絵がごくりと息をのむ。

「では、押し込むのですか」

「いや、張るだけだ。無理をすれば、房興さまの命が危うくなるゆえな」

房興のためにも無茶をするな、と直之進としては言外に釘を刺したつもりだが、通じただろうか。

「一緒に行ってもいいですか」

「おきくがきっと心配していよう。家に戻ろうという気はないか」

「おきくちゃんには、ちゃんと断って出てきました。どうしても房興さんを捜したくてならないと胸のうちを一所懸命に告げたら、出してくれました」

この娘の必死さとけなげさに、おきくも胸を打たれたのだろう。

「そうか。ならば、一緒に来てもかまわぬ。だが芳絵どの、無茶はいかんぞ」

「はい、よくわかっています」

殊勝に答えたが、なにをやらかすか、やはり知れたものではない。直之進は、一緒に連れていかぬほうがよかったのではないか、という気がしてならなかったが、今さらいっても仕方がない。

吟七はすぐにわかった。

はす向かいの狭い路地に、富士太郎と珠吉が身をひそめていた。ほかにも何人か町奉行所の者があたりに散らばって、吟七を監視しているという。

二階屋の店はひっそりし、今のところ、動きはまったくないとのことだ。人の出入りもないそうである。

外から見る限り、あまり大きな店ではない。目立つのを恐れるかのように、地味な風情の建物が、ややくたびれた感のある塀越しに見えている。

「吟七やあるじの豪三のことは、今いろいろと調べているところです。すぐに知らせが届くものと思います」

「かたじけない」

芳絵がにらみつけている。

「ここは……」

ぽつりとつぶやいた。

「知っているのか」

直之進は芳絵にたずねた。

「いえ、そういうわけではありません。一度耳にしたことがあるような店だと、先ほどから思っていたのですが、門のところに、小さな看板が打ちつけられている。それには吟七と墨書《ぼくしょ》されていた。

「誰に聞いた」

「よく覚えていません」

芳絵が塀越しに建物を見上げる。

「このなかに房興さまがいらっしゃるということはありませんか」

直之進は首をかしげた。

「さて、どうかな。もともと人けがほとんど感じられぬ。房興さまは、いらっしゃらぬのではないか。それに、例の兜太の重い気配もない。兜太にとって、房興さまは大事な人質だ。兜太が房興さまのそばを離れることは、まず滅多になかろう」

「今もあの男は、房興さまと一緒ということですか」

「おそらくな」

直之進がうなずいたとき、不意に小間物売りが路地に入ってきた。富士太郎がすっと前に出る。道を戻るようにいうのかと思ったら、なにごとか話をしはじめた。富士太郎の真剣な顔つきが徐々にこわばってゆく。やがて小間物売りが富士太郎の前を離れ、背中を見せて路地を遠ざかってゆく。

富士太郎が見つめているのに気づき、直之進はすぐさま歩み寄った。

「今のは」

もう小間物売りの姿は見えない。

「番所からの使いです」

富士太郎がかたい声でいった。

「平川さんが番所に知らせた言伝を、今の者が伝えに来たのです」

「琢ノ介から。なにかな」

富士太郎が唾を飲んだ。

「真興さまのことです。上屋敷からお姿が見えなくなったとのことです」

直之進は驚愕した。

「わけは」

「不明のようです」

真興の身になにかあったのはまちがいない。

直之進は富士太郎たちに吟七のことを託し、上屋敷に向かって駆け出した。和四郎がついてくる。

四

遠く感じられる。

直之進は必死に足を急がせた。

まさか真興さままでかどわかされてしまったのではあるまいな。

いったいどうしてこんなことになったのか。

かどわかされたとしたら、誰の仕業なのか。

兜太以外、考えられない。

員弁兜太、と直之進は歯噛みした。今度会ったら、本当に八つ裂きにしなければ気が済まない。情けなどかけてはいられない。

石添兵太夫も殺したくてならない。おそらく兵太夫が中心となってことを行っているのだろうが、どうして真興を狙うのか。

それがいまだにわからない。

真興は、兵太夫のうらみを買うようなことをしたことはない。兵太夫が敬愛する宗篤とは、ろくに話をしたこともない。宗篤絡みでも、怨恨など抱かれるはずがない。

どういうことなのか。

直之進は必死に駆けながら、道の端にしゃがみ込み、花を摘んでいるらしい女の子を見た。この冬のさなかでも、花をつけている草があるのだろう。草花にはとんと疎《うと》いから、なんという花なのかわからないが、この時季に摘まれてしまうのは、少しかわいそうな気がした。

直之進は、はっとした。真興もこれと同じではないか。あっという間に女の子の姿がうしろに遠ざかってゆく。無心に花を摘んでおり、直之進たちに気づかなかった。

つまり、と直之進は思った。将来に禍根《かこん》を残さぬため、今のうちに真興さまを殺しておこうというのではないか。

真興は将軍の覚えもよく、いずれ公儀の要職に就くと目されている。いつの日か、日《ひ》の本《もと》の国の舵取《かじと》りをする一人になるのはまちがいない。

宗篤こそが唯一無二の者である兵太夫にとって、そんな真興は目の上のこぶなのではないか。尾張の野望をうつつのものにしようとするときに、将来必ず立ちはだかるであろう者として真興をみているのではあるまいか。

だから、今のうちに息の根を止める。

そういうことなのだろうか、と直之進は自問した。公儀の要人を殺害するのは、とんでもない大事件だ。大名殺しもそれに劣らぬ事件といえるのだろうが、幕府に与える衝撃は要人殺しよりもだいぶ薄れる。

それでも、できれば事故に見せかけて殺すことが望ましかった。そうすれば事件として扱われず、いつの日か、誰の記憶からも真興の死など消え去ってしまうだろう。それが、沼里での真興落馬事故の真相なのではなかったのか。

だが、ことがここまで進んでしまった今では、事故に見せかけてなどといっていられなくなったのではないか。

とにかく、この世から真興を排してしまいたい。その思いだけで兵太夫は動いているのではないか。

直之進は、沼里の上屋敷が目の前に迫ってきたのを見た。長屋門のところに安芝菱五郎が立っているのに気づく。

「直之進」

呼ばれる前に直之進は立ち止まっていた。和四郎も足を止めた。

「安芝さま、殿がいなくなられたと聞きましたが、いったいどういうことですか」

息をととのえ、直之進はできるだけ平静にきいた。

「いつの間にやらお姿が見えなくなってしまったのだ」

「最後にお姿を見たのはいつです」

「宿直の者が仮の寝所に入られるのを見たのが最後だ」

「それはいつのことです」

「昨夜の四つ前のことだ」

「その後、誰もお姿を」

「うむ、見ておらぬ」

「琢ノ介はどうしているのです」

「殿を捜している」

「どこを」

「さあ、わからぬ。心当たりがあるのかもしれぬ」

「かどわかされたとは」

「そんな様子はまったくない。寝所の布団はきれいなものだ。この前襲われてから、宿直は四人に増やしたが、誰もそのような気配や物音は聞いておらぬ」

直之進は首をひねった。

「かどわかされたのではないとしたら……」

「わしは、殿が自ら姿を消されたようにしか思えぬ」

直之進は意外な言葉を聞いた気がして、菱五郎を見つめた。

「どうして殿がそのような真似をされるのですか」

「わしにもわからぬ。ただ、かどわかされたとした場合、敵がそのようなことをする意味がわからぬ。殿のお命を狙ってこの屋敷にまで押し込んで来た者どもだ。かどわかすことができるのなら、そのときにお命を縮めなければおかしい」

「その通りですね」

直之進は同意してみせた。菱五郎が続ける。

「どうして殿が自ら姿を消されたのか。わしには、房興さま絡みということしか考えられぬ。殿は情に厚いお方だ。弟御のためなら、なんでもされるだろう。その身を犠牲にすることも厭《いと》われぬに相違ない」

直之進は菱五郎の言を吟味した。

「房興さまのために、殿が一人出ていかれたとしたら、どこに行かれたのでしょう」

「わしは何者かに誘い出されたのではないかとにらんでいる。平川どのも同じ意見であった」

「琢ノ介も……」

直之進は下を向いた。

「いったいどんな手段で殿を誘ってきたのでしょう。やはり員弁兜太でしょうか」

「かもしれぬが、まだなにもわからぬ。いずれにしろ、文が殿のもとに届いたのではあるまいか。房興さまの命が惜しければ一人で来い、というような意味のことがきっと記してあったのだろう。そして、殿はその文の言葉を忠実に守られたのだ」

真興はどこに行ったのか。その前に、どうやって文を渡したのか。そのことが直之進には疑問だったが、今はそのようなことはどうでもいい。真興を無事に取り戻しさえすれば、はっきりすることだ。

鍵は吟七にあるような気がした。石添は尾張から来て、上屋敷の外に屋敷を与えられたが、別邸は持っていない。兜太はおそらく家はない。仮に持っているとしても、房興の監禁場所として提供することはあるまい。部外者とはいえないにしろ、石添から頼まれて動いている男でしかない。

となると、残るは吟七しかない。

吟七はもともと、尾張家の江戸における裏の仕事をする者たちの根城である。隠れ蓑として、実際に客を入れ、料理を供している。そこそこはやっている店らしく、料理は江戸の者が好む濃い味のものを提供しているようだ。店主の豪三も奉公人たちも、江戸の者といった顔で働いているようだが、全員が尾張の出であろう。吟七の建物の奥などの、人目のつかない場所に房興が監禁されているかもしれぬが、客の出入りのある建物に人質を隠すとは思えない。どこかよそに別店のようなものはないのだろうか。

有名店が得意客用に風光明媚《ふうこうめいび》な向島などに接待のための別店を持っていたりするが、その手の建物が吟七にはないのだろうか。あれば、そこに房興が監禁されているような気がしてならない。

直之進は和四郎とともに、吟七に戻った。

狭い路地に立って、富士太郎と珠吉の二人が相変わらず鋭い目を吟七に向けている。

「ああ、直之進さん」

富士太郎が抑えた声でいって、近づいてきた。案ずる色が瞳にある。これは珠吉も同じである。

「真興さまは」

直之進はあらましを説明した。

富士太郎の目に炎が宿った。どうやら怒っているらしい。

「そんな、自ら姿を消されるだなんて。房興さまのことがご心配でならぬのはわかりますけど、一軍を率いる将が一人で勝手な真似をしてはなりませんよ。家中の人たちがどんなに心配するか、真興さまはわかっておられるのですか」

「殿のことだから、わかってはおられよう」

それでも、真興は一人で行ったのである。文を読んで、もはやいても立ってもいられなかったのだろう。

「いま俺がすべきことは、殿の行方を突き止めることだ。そこに必ず房興さまもいらっしゃる。富士太郎さん、吟七に別店のようなものはないか」

「調べさせていますが、今のところ、まだわかっていません」

そうか、と直之進は応じた。自分でも調べてみるか、という気になった。それとも、店に乗り込んでみるか。

　だが、ここには人の気配がほとんどない。真興が単身やってくることに備え、全員が別の場所に移ったとしか思えない。

　やはり、ここでじっとしてはおれぬ。

　直之進は自ら動くことを決意した。ふと芳絵の姿がないことに気づき、そのことを富士太郎に問うた。

「芳絵さんなら、一人でどこかに行きましたよ。直之進さんが上屋敷に向かって間もなくのことです。なにか思いついた顔をしていました。それがしは声をかけようとしたのですが、その前に姿は消えていました。お役に立てず、すみません」

「いや、いいのだ」

　あの娘はまたなにかやらかすつもりなのだろうか、と直之進は気をもんだ。まさか店に人けがないのをいいことに、吟七に忍び込んで、なにか手がかりを探しているのではあるまいな。

　直之進は建物の気配を嗅いだ。芳絵らしい者の気配が動いているようには思えない。ということは、吟七にはいないのか。まったくあの娘はどこに行ったのか。

と思ったら、芳絵が路地に入ってきた。息を弾ませている。

「どこに行っていた」

責める口調にならないように直之進は気をつけた。この娘は別におのれの配下ではない。芳絵が自由に動くことに、なんやかやといえる立場ではないのだ。

「屋敷に戻っていました。思い出したことがあったので、潮爺《ちょうじい》に聞きに」

潮爺というのは、松田《まつだ》潮《ちょう》左衛門《ざえもん》といって、清本家の用人である。口うるさいようだが、芳絵は気を許している。

「思い出したことというと」

直之進は興味を抱いてたずねた。

「以前、潮爺が料亭には珍しく濃い味の店があったと喜んでいたのを思い出したの。それが確か吟七という店だったような気がしたので、確かめに行っていたのよ」

「そうか。それで吟七について、なにか有益なことを聞けたのか」

「もちろん」

芳絵の顔は興奮して赤みを帯びている。言葉つきも慣れ慣れしい。

「潮爺は、出入りの商人の接待を受けるために吟七に連れていってもらったようだけど、それはどうやらここではないようなの」

「別店ということか」

「そう。もう七、八年前のことなのに、潮爺は場所も覚えていたわ。これよ」

芳絵が袂から一枚の紙を取り出す。

「書いてもらったわ」

直之進は手に取り、目を落とした。簡潔な絵図で、なかなかわかりやすく描いてある。

「近いな」

「ええ、そうでしょう」

芳絵が深くうなずく。

「私一人で乗り込んでもいいと思ったのだけれど、そんなに遠くないから、みんなに知らせに来たの」

「芳絵どの、でかした」

このことで芳絵を大仰にほめるのは、なにか妙な気がしたが、ほかに言葉はなかった。

「そうでしょう。私もやるときはやるのよ。湯瀬さま、わかった」

「うむ、よくわかった」

芳絵はにこにこした。

「潮爺自ら案内するっていうから、私、当て身を食らわしてきたの。だって潮爺と一緒じゃうるさいもの。潮爺ったら、あっさりと気絶したわ。ほんともう歳ね」

それを聞いて毒気を抜かれる思いだったが、体に力を入れ直して直之進は和四郎、芳絵と連れ立って路地を出た。

富士太郎と珠吉は町奉行所の他の者に吟七の監視を頼み、直之進たちについてきた。

五

目の前をひらひらと舞い落ちるものがあった。梅の花かと思ったが、雪だった。

いつの間にかどんよりと曇った空から、次々に落ちてくる。

明け方より冷えてきたと思ったら、こういうことだったのだ。

走り続けるにつれ、雪は激しさを増してきた。視界がきかなくなってきたが、かまわず直之進は駆けた。うしろを芳絵、和四郎、富士太郎、珠吉の四人がついてくる。雪は積もりはじめており、道はぬかるみだしている。直之進たちは泥を蹴立てて走った。

「あれだな」

十町も走らなかった。護国寺に近い場所で、繁華なはずだが、一帯は木々が多く、あまり家が立て込んでいない。

神社の杜のように、鬱蒼《うっそう》とした林が望め、その手前にぐるりを黒い板塀に囲まれた屋敷があった。塀の高さは優に一丈はあり、のぞき見られることを拒絶している。

ここに真興さまは一人いらしたのか。そうだとすれば、房興さまもここに監禁されている。

直之進たちは表門に回ってみた。城門のようながっちりとした造りで、かたく閉じられている。くぐり戸も閂《かんぬき》が下りているようだ。押してみたが、わずかに揺れただけだった。門の屋根はすでに真っ白になっている。

一刻も早くなかに入りたい。直之進は刀を足場に塀を越えようと考えた。

それを制するように和四郎が申し出る。

「手前がくぐり戸をあけてまいります」

頼む、と直之進は受けた。和四郎が顎を引き、ささっと動いて塀と距離を取った。勢いをつけて走り、塀に向かって跳躍する。がしっと塀の上に手がかかったが、雪で滑りそうになった。それをなんとかこらえ、体を持ち上げた。一瞬後、塀の向こうに和四郎の姿は消えていた。

そのあいだに直之進は下げ緒で襷がけをし、袴の股立《ももだち》を取った。芳絵も襷がけをしている。それから、直之進たちは息をのんでくぐり戸を見守った。

閂を外す音が響き、くぐり戸が静かにあいた。和四郎が顔をのぞかせる。どうぞ、と口の形で告げた。

直之進は入り込んだ。うしろに芳絵と富士太郎、珠吉が続く。和四郎がくぐり戸をそっと閉めた。

静寂が屋敷内を支配している。だが、直之進はすでに人の気配を捉えていた。目の前に見える母屋のなかだ。

よく手入れのされた庭が広がっている。ここもすでに真っ白になっている。草木にも雪は降り積もっていた。

直之進たちは、雪を踏み締めて庭を進んだ。

母屋はどうやら書院造りを模しているようだ。名刹《めいさつ》のような感じである。尾張家の財力を知らしめるのには、十分な建物である。

人の気配に引かれるように、濡縁がついている広間の前に直之進はやってきた。庭に面した障子が大きくひらかれ、なかが見えた。積もったばかりの雪が、どさっと大きな音を立てて屋根から落ちてきた。

男のうしろ姿がまず目に入る。

あれは——。

直之進は急ぎ濡縁に近づいた。

「殿」

まちがいなく真興である。生きておられた。それだけで、直之進の胸の壺は喜びの水で満たされた。涙が出そうだ。

「直之進か」

真興は意外そうだ。声には張りがあり、生気がみなぎっている。

「よくここがわかったな」

「難儀いたしましたが」

直之進は濡縁から座敷に上がった。

座敷の奥には兜太がいた。その横に石添兵太夫も立っている。ほかにいるのは、吟七で奉公人をしている者たちだろう。直之進の見覚えのある者も何人かいた。確かやくざ者を演じた連中である。

兵太夫のかたわらには房興もいた。うれしそうに直之進を見ていた。目の輝きは失われておらず、長く監禁されていたにもかかわらず、心はへこたれていないのが、しっかりと伝わってきた。いかにも房興らしい。

「さっさと殺しておけばよかった」

兜太が真興を凝視し、苦々しげにいう。

ふふ、と真興が笑う。

「誰も駆けつけてこぬと、高をくって余をもてあそぶような真似をしたからだ。ときの無駄であったな。物事を甘く見ると、しっぺ返しが必ずあるものよ。直之進のしぶとさ、しつこさを知らなかったわけではあるまいに」

兜太が真興をにらみつける。

「まだこちらには人質がいるのだ。なにを勝ち誇った顔をしておる」

「余の勝ちだ。直之進が駆けつけたということは、天は余をまだ見放しておらぬということだ。見放しているのなら、房興ともども余はとうに死んでいた」

真興が直之進を見つめた。

「余はそれでもよいと思っていた。勝手に一人で姿を消せば家臣たちが心配するのはわかっていたが、血を分けた弟とともに死するのなら、それも悪くないと思うてな」

それを聞いて、直之進はまたも涙が出そうになった。

「ならば、望み通り弟と一緒に殺してやる」

叫んだ兵太夫が脇差を引き抜き、房興の首筋に刃を当てようとする。そのとき兵太夫の横の障子が、音を立てて倒れ込んできた。同時に座敷に乗り込んできた影があった。

「あっ、芳絵どの」

直之進は驚いて声を上げた。芳絵は刀を振るい、兵太夫の脇差を弾き上げた。兵太夫の腕が力なく上がった。その隙を逃さず、ここぞとばかりに房興が逃げ出す。

「待て」

我に返った兵太夫が房興めがけて脇差を振り下ろそうとするが、それを芳絵が楽々とはね上げた。兵太夫の胴ががら空きになったのを見逃さず、斬撃を浴びせてゆく。

「殺すな」

直之進は叫んだが、兵太夫の胴に刀は吸い込まれた。だが、どす、と鈍い音がして、直前に芳絵が峰に返したのが知れた。

腹を押さえた兵太夫は脇差を放し、膝から畳に崩れ落ちた。苦しげにのたうちまわっている。

それを見て直之進は真興の前に立った。

「お下がりください」

「わかった」

房興はすでに芳絵の庇護《ひご》のもとにある。それを認めて真興がうしろに下がり、富士太郎たちと一緒になった。

それを確かめてから、抜刀した直之進は猛然と兜太に躍りかかっていった。

「死ねっ」

叫びざま兜太が胴に振ってきた。それをかわし、右手から袈裟懸けを見舞う。

兜太がよける。ささっと畳の上を動いて、芳絵が蹴り倒した障子があったところから、庭に飛び降りた。直之進は追った。

兜太が刀を構えている。降りしきる雪のなか、微動だにしない。さすがに遣える。

直之進も刀を正眼に構えた。

むん。兜太が気合を入れた。姿が消えた。

闇のなかでなくとも、こんな真似ができるのか。どうやら降りしきる雪に溶け込んでいるようだ。だが、刀ははっきりと瞳に映っている。うっすらとだが、影も見えている。兜太がどこにいるか、わかる以上、なんとかなるのではないか。

この闇に隠れる剣と相対するのは初めてではないのだ。

直之進は雪の上を進み、間合を詰めた。一間ほどになり、一気に突っ込んだ。殺すつもりだ。その気でないと、兜太を倒すことなどできはしない。

うっすらと見えている刀の背後をめがけて、斬撃を浴びせる。空を切った。兜太が刀を逆胴に振ってきた。それを直之進もかわし、袈裟懸けにいく。

兜太がかいくぐり、胴を狙ってきたのが知れた。直之進はそれをうしろに下がってかわし、兜太の小手を打とうとした。

刀がさっとうしろに引かれ、小手は当たらなかった。

互いに攻め手を見いだせない状況だが、今はまだ兜太のほうが実力は上である。戦いが長引けば、地力がものをいい、兜太の勝ちに終わるだろう。直之進がここまで健闘できているのは、怒りのせいで気迫が増しているからだ。互角の戦いができているのは、その直之進の気迫に兜太がやや押されている面があるに過ぎない。

いきなり兜太の横から影が突進してきた。際限なく落ちてくる雪のせいで、兜太は気づくのが少し遅れたようだ。

だが、なんとかよけたらしい。兜太に斬撃を食らわせたのは芳絵だった。

「きさまっ」

怒号が発せられ、芳絵に向かって刀が振り下ろされる。そうはさせじと直之進は突っ込んだ。

直之進の刀は弾かれた。兜太の刀がうしろに下がる。芳絵の姿はすでに雪の壁の向こうに消えている。

息を入れ、直之進は体勢をととのえた。

降りしきる雪がさらに勢いを増した。それまでうっすらと見えていた兜太の輪郭が雪の幕に遮られ、かき消えた。

正眼に構えられた刀だけが、とめどもなく落ちてくる雪のなかに、うっすらと見えている。なんとも不思議な光景だ。握る者がいないように見えるのに、その刀は直之進を両断するだけの威力を秘めている。

ふと、兜太が庇《ひさし》のそばまで場所を移した。どこから飛び込んでくるかわからない芳絵を警戒してのことか。

こちらから飛び込むべきか。それとも迎え撃つほうがよいのか。直之進は正眼に構えられた刀を見つめた。

いや、待つ剣など湯瀬直之進のすべきことではない。攻撃こそが持ち味ではないか。直之進は突っ込もうと間合いを測った。

だが、その前に、庇の上から兜太の刀の近くに影が落ちてきた。それに向かって兜太の刀が振られた。同時に直之進は地面を蹴った。

兜太の刀が斬ったのは、庇から落ちてきた雪だった。鋭く引き戻された刀を直之進はかわし、斜めからの斬撃を刀のうしろに向かって繰り出した。

手応えはほとんどなかったが、兜太の体を刀が斬り裂いたのは、はっきりと伝わってきた。血が噴き上がり、ざざっと落ちてゆく。自らの血を浴びて、赤く人の形が浮かび上がった。

あらわになった兜太が直之進を見つめようとする。目には力がほとんど感じられない。うぐ、とうなって雪に膝をついた。左肩から腰近くまで斬り裂かれた傷から、ぼたぼたと鮮血がしたたり落ち、雪を染めてゆく。

どたりと倒れた。身じろぎしようとするが、思い通りに体は動かない。

雪が兜太の体に冷たく降り積もってゆく。吟七の者たちが畳の上で呆然としている。

どれが頭なのか。直之進はねめつけた。お栄を殺した理由が知りたい。

直之進の目を見て男たちが我に返り、庭に向かって走り出そうとする。直之進はさっと先回りし、前途を阻んだ。座敷に飛び上がる。

覚悟を決めたか、匕首を手にした男たちが挑みかかってくる。

望むところだった。直之進は十五人ばかりいた男を、峰で打ち据えていった。全員を畳の上に這わせるのに、瞬き五度ばかりのときしかかからなかった。

一人たりとも逃がさなかった。

「直之進」

「直之進さん」

「湯瀬さま」

次々に声がかかり、直之進はそちらを見やった。

真興に富士太郎に和四郎、珠吉が立っていた。反対側で房興は芳絵が抱きかかえていた。

直之進はそれらを目の当たりにして、へたり込むような疲れを急に覚えた。畳の上で苦しんでいる兵太夫に目を向けた。ひどい痛みはようやく去ったようだが、まだ力が入らないのか、立ち上がれずにいる。それでも腕を突いて、なんとか立ち上がった。

よろよろと座敷から逃げ出そうとする。

直之進はその背後に立ち、渾身の峰打ちを見舞った。

背を反らして、兵太夫が昏倒する。気を失い、それきり動かなくなった。

六

まだ光右衛門は床に伏せている。

ときおり起き上がれるようになり、食事もとれるようになったのだが、顔色はよくないままだ。

直之進は心配でならない。舅《しゅうと》となる大事な男である。一刻も早く、以前のような健《すこ》やかさを取り戻してほしい。

「それで石添というお侍はどうなったのです」

しわがれ声で光右衛門がきいてきた。

「宗篤さまが切腹させた」

「石添というお侍は、房興さまをかどわかし、真興さまのお命を狙いましたね。土井家も関わりなしということではいられないでしょう。どうなりますか」

「どうやら土井家は存続ということで決ったようだ」

「ああ、さようですか。それはご家臣にとっても、よかったですね」

「まったくだ。減知《げんち》もない。宗篤さまはなにも知らず、すべては石添の一存で行われたことと公儀の要人が認めた。なにより、狙われた我が殿のお言葉が大きかったのだろう」

「真興さまはなんとおっしゃったのです」

「将軍家と老中首座に、なにとぞご寛容な処置を願います、と申し上げたのだ」

「なるほど、そのお言葉が効きましたか。よかったですなあ」

「よかったことなどあるものか」

横にいた琢ノ介が憤然という。

「わしは最後、蚊帳《かや》の外だ。真興さまの行方を捜している最中にすべてが終わり、直之進がいいところを全部持っていきやがった」

「琢ノ介はいったいどこを捜していた」

「町中を走り回っていた」

「闇雲に捜したところで、見つかるわけがなかろう。知恵はないのか」

「知恵というより運だな。直之進だって、芳絵どのがいなかったら、吟七の別店に行くのはずっと遅れただろう」

「それはそうだな」

直之進は逆らわなかった。

「ところで真興さまと芳絵どのの縁談はどうなったんだ」

「殿からうかがったが、芳絵どのは断ってきたそうだ」

「えっ、そうか。もったいないことをするな。沼里七万五千石のあるじの正室だろう。断るなど、なかなかできるものではない」

琢ノ介が首を振った。

「もっとも、房興さまに惚れているからな、腹違いとはいえ、兄のもとには嫁ぎにくいだろう。直之進、房興さまはどうしている」

「家で川藤どのに付き添っておられる。芳絵どのも一緒だ」

「川藤どのの容体は」

「うむ、つい昨日、目を覚まされた。医者はこれでもう大丈夫と太鼓判を押してくれた」

「そうか」

琢ノ介が満面の笑みになる。

「そいつはよかった。ならば直之進、じき稽古を再開できるな」

「うむ、楽しみでならぬ」

琢ノ介が直之進を見つめてきた。

「ところで、真興さまはどうやって員弁兜太の文を受け取ったんだ」

「聞いておらぬか」

「ああ。だからこそきいておる」

直之進は、おきくがいれてくれた茶を口に含んだ。おきくはすでに房興の家から戻ってきており、家事をこなしたり、店番をしたりしている。

「殿の居室に矢が打ち込まれたらしい。天気がよく、障子をあけ放ってお一人で書見されていたときで、危うく矢が体に刺さるところだったそうだ」

「兜太の仕業か」

「まちがいなくな。やつは上屋敷の絵図面を持っていたからな。うまくいけば殿を殺すことができると踏んで、遠矢を打ち込んできたのだろう」

「遠矢か」

琢ノ介が渋い顔になる。

「気づかなかったな。——話は変わるが、お栄という女はなぜ殺された」

「頭が吐いたそうだが、組に裏切り者がいて、それが庄三郎だったとお栄はいっていたそうだ。だが、裏切ったのは庄三郎ではなかった。お栄が口から出任せをいったのは、庄三郎に惚れていたからだ。結局お栄は本当の裏切り者とともに殺されたんだ。かわいそうにな。お栄は二度、堕胎《だたい》していたそうだ。二度とも庄三郎の子だったらしい」

「そうか、悲しいな」

琢ノ介がしんみりとする。

それに合わせるように、こほこほと光右衛門が乾いた咳をする。

「すまぬな、枕元で話をして。うるさかっただろう」

直之進は謝った。

「いえ、お二人のお話は楽しかったですよ」

それでも、光右衛門は疲れたように目を閉じた。

直之進と琢ノ介は光右衛門の寝間をあとにし、短い廊下を歩き出した。

「心配だな」

「うむ、薬をもらっているのに、ちっともよくならぬ」

琢ノ介も案じ顔だ。

「医者を替えたほうがよいかな」

「それも考えよう」

直之進は立ち止まり、うしろを振り返った。

暗黒の洞穴《ほらあな》がずっと続いているような錯覚に陥った。

直之進は目を閉じた。

米田屋、早く治ってくれ。

今の自分にできることは、ただ祈ることしかなかった。

この作品は双葉文庫のために書き下ろされました。

双葉文庫

す-08-22

口入屋用心棒《くちいれやようじんぼう》

包丁人《ほうちようにん》の首《くび》

2012年4月15日　第1刷発行
2023年2月 7日　第4刷発行

【著者】
鈴木英治《すずきえいじ》

【発行者】
箕浦克史
【発行所】
株式会社双葉社
〒162-8540 東京都新宿区東五軒町3番28号
［電話］03-5261-4818(営業部)　03-5261-4868(編集部)
www.futabasha.co.jp（双葉社の書籍・コミックが買えます）
【印刷所】
株式会社新藤慶昌堂
【製本所】
株式会社若林製本工場
【カバー印刷】
株式会社久栄社
【フォーマット・デザイン】
日下潤一

ISBN978-4-575-66557-4 C0193
Printed in Japan

風野真知雄

若さま同心　徳川竜之助

空飛ぶ岩

長編時代小説
〈書き下ろし〉

次々と江戸で起こる怪事件。事件解決のため、日々奔走する徳川竜之助だったが、新陰流の正統をめぐって柳生の里の刺客が襲いかかる。

風野真知雄

若さま同心　徳川竜之助

陽炎の刃《やいば》

長編時代小説
〈書き下ろし〉

犬の辻斬り事件解決のため奔走する同心、徳川竜之助を凄まじい殺気が襲う。肥前新陰流の刺客が動き出したのか？　好評シリーズ第四弾。

風野真知雄

若さま同心　徳川竜之助

秘剣封印

長編時代小説
〈書き下ろし〉

スリの大親分さびぬきのお寅は、ある大店の主の死に不審なものを感じ、見習い同心の徳川竜之助に探索を依頼するが。好評シリーズ第五弾。

風野真知雄

若さま同心　徳川竜之助

飛燕《つばくろ》十手

長編時代小説
〈書き下ろし〉

一石橋で雪駄強盗事件が続発した。履き古された雪駄を、なぜ奪っていくのか？　竜之助が事件の謎を追う！　大好評シリーズ第六弾。

風野真知雄

若さま同心　徳川竜之助

卑怯三刀流

長編時代小説
〈書き下ろし〉

品川で起きた口入れ屋の若旦那殺害事件を追う竜之助。その竜之助を付け狙う北辰一刀流の遣い手が現れた。大好評シリーズ第七弾。

風野真知雄

若さま同心　徳川竜之助

幽霊剣士

長編時代小説
〈書き下ろし〉

蛇と牛に追い詰められ、橋の欄干で首を吊る怪事件が勃発。謎に迫る竜之助の前に、刀を持たずに相手を斬る〝幽霊剣士〟が立ちはだかる。

風野真知雄

若さま同心　徳川竜之助

弥勒《みろく》の手

長編時代小説
〈書き下ろし〉

難事件解決に奔走する徳川竜之助に、「人斬り半次郎」と異名をとる薩摩示現流の遣い手中村半次郎が襲いかかる。大好評シリーズ第九弾。

風野真知雄
若さま同心　徳川竜之助
風神雷神
長編時代小説〈書き下ろし〉

左手を斬り落とされた徳川竜之助は、さびぬきのお寅の家で治療に専念していた。それでも、持ち込まれる難事件に横臥したまま挑む。

風野真知雄
若さま同心　徳川竜之助
片手斬り
長編時代小説〈書き下ろし〉

竜之助の宿敵柳生全九郎が何者かに斬殺され、示現流の達人中村半次郎も京都へ戻る。左手の自由を失った竜之助の前に、新たな刺客が!?

風野真知雄
若さま同心　徳川竜之助
双竜伝説
長編時代小説〈書き下ろし〉

師匠との対決に辛勝した竜之助だが、風鳴の剣はいまだ封印したまま。折しも、易者殺しの下手人に、土佐弁を話す奇妙な浪人が浮上する。

風野真知雄
若さま同心　徳川竜之助
最後の剣
長編時代小説〈書き下ろし〉

正式に同心となった徳川竜之助。だが、尾張藩の徳川宗秋の悪辣な罠に嵌まり、ついに風鳴の剣と雷鳴の剣の最後の闘いが始まる!

芝村凉也
返り忠兵衛　江戸見聞
春嵐《はるあらし》立つ
長編時代小説〈書き下ろし〉

藩改革の騒動に巻き込まれて兄を喪い、自らも追われる身となった筧忠兵衛。江戸の喧噪は吉か凶か?　期待の新人デビュー作。

芝村凉也
返り忠兵衛　江戸見聞
湿風烟《けぶ》る
長編時代小説〈書き下ろし〉

謀反者として忠兵衛を抹殺すべく、定海藩主の懐刀・神原采女正は悪辣な罠を張りめぐらす。忠兵衛の運命は!?　期待のシリーズ第二弾。

芝村凉也
返り忠兵衛　江戸見聞
秋声《しゅうせい》惑う
長編時代小説〈書き下ろし〉

神原采女正から御前の正体と浅井蔵人の暗躍を告げられた忠兵衛。激しい動揺の中で、新たな事件が巻き起こる。注目のシリーズ第三弾。

芝村涼也

返り忠兵衛　江戸見聞

風花《かざはな》躍る

長編時代小説〈書き下ろし〉

神原采女正と浅井蔵人の熾烈な闘いが始まる一方で、思いがけず勝弥と紗智の間に親交が生まれる。大注目のシリーズ第四弾。

芝村涼也

返り忠兵衛　江戸見聞

雄風《ゆうふう》翻《はため》く

長編時代小説〈書き下ろし〉

懐古堂殺しの下手人と、忠兵衛襲撃の経緯を探る岸井千蔵。傷を負った忠兵衛には、さらに凶悪な刺客が襲いかかる。大人気シリーズ第五弾。

鈴木英治

口入屋用心棒1

逃げ水の坂

長編時代小説〈書き下ろし〉

仔細あって木刀しか遣わない浪人、湯瀬直之進は、江戸小日向の口入屋・米田屋光右衛門の用心棒として雇われる。好評シリーズ第一弾。

鈴木英治

口入屋用心棒2

匂い袋の宵

長編時代小説〈書き下ろし〉

湯瀬直之進が口入屋の米田屋光右衛門から請けた仕事は、元旗本の将棋の相手をすることだったが……。好評シリーズ第二弾。

鈴木英治

口入屋用心棒3

鹿威《ししおど》しの夢

長編時代小説〈書き下ろし〉

探し当てた妻千勢から出奔の理由を知らされた直之進は、事件の鍵を握る殺し屋、倉田佐之助の行方を追うが……。好評シリーズ第三弾。

鈴木英治

口入屋用心棒4

夕焼けの甍《いらか》

長編時代小説〈書き下ろし〉

佐之助の行方を追う直之進は、事件の背景にある藩内の勢力争いの真相を探る。折りしも沼里城主が危篤に陥り……。好評シリーズ第四弾。

鈴木英治

口入屋用心棒5

春風《はるかぜ》の太刀

長編時代小説〈書き下ろし〉

深手を負った直之進の傷もようやく癒えはじめた折りも折り、米田屋の長女おあきの亭主甚八が事件に巻き込まれる。好評シリーズ第五弾。

鈴木英治

口入屋用心棒6

仇討ちの朝

長編時代小説〈書き下ろし〉

倅の祥吉を連れておあきが実家の米田屋に戻った。そんな最中、千勢が勤める料亭・料永に不吉な影が忍び寄る。好評シリーズ第六弾。

鈴木英治

口入屋用心棒7

野良犬の夏

長編時代小説〈書き下ろし〉

湯瀬直之進は米の安売りの黒幕・島丘伸之丞を追う的場屋登兵衛の用心棒として、田端の別邸に泊まり込むが……。好評シリーズ第七弾。

鈴木英治

口入屋用心棒8

手向けの花

長編時代小説〈書き下ろし〉

殺し屋・土崎周蔵の手にかかり斬殺された中西道場一門の無念をはらすため、湯瀬直之進は復讐を誓う……。好評シリーズ第八弾。

鈴木英治

口入屋用心棒9

赤富士の空

長編時代小説〈書き下ろし〉

人殺しの廉で南町奉行所定廻り同心・樺山富士太郎が捕縛された。直之進と中間の珠吉は事の真相を探ろうと動き出す。好評シリーズ第九弾。

鈴木英治

口入屋用心棒10

雨上《あめあが》りの宮《みや》

長編時代小説〈書き下ろし〉

死んだ緒加屋増左衛門の素性を確かめるため、探索を開始した湯瀬直之進。次第に明らかになっていく腐米汚職の実態。好評シリーズ第十弾。

鈴木英治

口入屋用心棒11

旅立ちの橋

長編時代小説〈書き下ろし〉

腐米汚職の黒幕堀田備中守を追詰めようと策を練る直之進は、長く病床に伏していた沼里藩主誠興から使いを受ける。好評シリーズ第十一弾。

鈴木英治

口入屋用心棒12

待伏せの渓《たに》

長編時代小説〈書き下ろし〉

堀田備中守の魔の手が故郷沼里にのびたことを知り、江戸を旅立った湯瀬直之進。その道中、直之進を狙う罠が……。シリーズ第十二弾。

鈴木英治

口入屋用心棒13　荒南風《あらはえ》の海

長編時代小説〈書き下ろし〉

腐米汚職の真相を知る島丘伸之丞を捕えた湯瀬直之進は、海路江戸を目指していた。しかし、黒幕堀田備中守が島丘奪還を企み……。

鈴木英治

口入屋用心棒14　乳呑児《ちのみご》の瞳《め》

長編時代小説〈書き下ろし〉

品川宿で姿を消した米田屋光右衛門の行方をさがすため、界隈で探索を開始した湯瀬直之進。一方、江戸でも同じような事件が続発していた。

鈴木英治

口入屋用心棒15　腕試しの辻

長編時代小説〈書き下ろし〉

妻千勢が好意を寄せる佐之助が失踪した。複雑な思いを胸に直之進が探索を開始した矢先、千勢と暮らすお咲希がかどわかされかかる。

鈴木英治

口入屋用心棒16　裏鬼門《うらきもん》の変

長編時代小説〈書き下ろし〉

ある夜、江戸市中に大砲が撃ち込まれる事件が発生した。勘定奉行配下の淀島登兵衛から探索を依頼された湯瀬直之進を待ち受けるのは!?

鈴木英治

口入屋用心棒17　火走《ひばし》りの城

長編時代小説〈書き下ろし〉

湯瀬直之進らの探索を嘲笑うかのように放たれた一発の大砲。賊の真の目的とは？　幕府の威信をかけた戦いが遂に大詰めを迎える！

鈴木英治

口入屋用心棒18　平蜘蛛《ひらぐも》の剣

長編時代小説〈書き下ろし〉

口入屋・山形屋の用心棒となった平川琢ノ介。あるじの警護に加わって早々に手練の刺客に襲われた琢ノ介は、湯瀬直之進に助太刀を頼む。

鈴木英治

口入屋用心棒19　毒飼《どくが》いの罠

長編時代小説〈書き下ろし〉

婚姻の報告をするため、おきくを同道し故郷沼里に向かった湯瀬直之進。一方江戸では樺山富士太郎が元岡っ引殺しの探索に奔走していた。

幡大介

大富豪同心
お化け大名

長編時代小説〈書き下ろし〉

田舎大名の上屋敷で幽霊騒動が起き、怨霊に取り憑かれ怯える藩主。吉原で八巻卯之吉の名声を聞いた藩主は、卯之吉に化け物退治を頼む。

幡大介

大富豪同心
水難女難

長編時代小説〈書き下ろし〉

八巻卯之吉の暗殺と豪商三国屋打ち壊しの機会を密かに狙う元盗賊の女狐・お峰。窮地に立たされた卯之吉に、果たして妙案はあるのか。

幡大介

大富豪同心
刺客三人

長編時代小説〈書き下ろし〉

捕縛された元女盗賊のお峰が、小伝馬町の牢から脱走。悪僧・山嵬坊と結託し、三人の殺し人を雇って再び卯之吉暗殺を企む。

幡大介

大富豪同心
卯之吉子守唄

長編時代小説〈書き下ろし〉

卯之吉の屋敷に、見ず知らずの赤ん坊が届けられた。子守で右往左往する卯之吉と美鈴。そんな時、屋敷に曲者が侵入し、騒然となる。

藤井邦夫

知らぬが半兵衛手控帖
姿見橋

長編時代小説〈書き下ろし〉

「世の中には知らん顔をした方が良いことがある」と嘯く、北町奉行所臨時廻り同心白縫半兵衛が見せる人情裁き。シリーズ第一弾。

藤井邦夫

知らぬが半兵衛手控帖
投《な》げ文《ぶみ》

長編時代小説〈書き下ろし〉

かどわかされた呉服商の行方を追ううちに浮かび上がる身内の思惑。北町奉行所臨時廻り同心白縫半兵衛が見せる人情裁き。シリーズ第二弾。

藤井邦夫

知らぬが半兵衛手控帖
半《はん》化《げ》粧《しょう》

長編時代小説〈書き下ろし〉

鎌倉河岸で大工の留吉を殺したのは、手練れの辻斬りと思われた。探索を命じられた半兵衛の前に女が現れる。好評シリーズ第三弾。

藤井邦夫
知らぬが半兵衛手控帖
辻斬り
長編時代小説〈書き下ろし〉
神田三河町で金貸しの夫婦が殺され、自供をもとに取り立て屋のおときが捕縛されたが、不審なものを感じた半兵衛は……。シリーズ第四弾。

藤井邦夫
知らぬが半兵衛手控帖
乱れ華《ばな》
長編時代小説〈書き下ろし〉
凶賊・土蜘蛛の儀平に裏をかかれた北町奉行所臨時廻り同心・白縫半兵衛は内通者がいると睨んで一か八かの賭けに出る。シリーズ第五弾。

藤井邦夫
知らぬが半兵衛手控帖
通《かよ》い妻
長編時代小説〈書き下ろし〉
瀬戸物屋の主が何者かに殺された。目撃証言から、ある女に目星をつけた半兵衛だったが、その女は訳ありの様子で……。シリーズ第六弾。

藤井邦夫
知らぬが半兵衛手控帖
籠《かご》の鳥
長編時代小説〈書き下ろし〉
北町奉行所臨時廻り同心の白縫半兵衛は、鎌倉河岸近くで身投げしようとしていた女を助けたのだが……。好評シリーズ第七弾。

藤井邦夫
知らぬが半兵衛手控帖
離縁状
長編時代小説〈書き下ろし〉
音羽に店を構える玩具屋の娘が殺された。白縫半兵衛は探索にかかるが、事件は思いもよらぬ方へころがりはじめる。好評シリーズ第八弾。

藤井邦夫
知らぬが半兵衛手控帖
捕違《とりちが》い
長編時代小説〈書き下ろし〉
本所堅川沿いの空き家から火の手があがり、付近で酔いつぶれていた男が付け火の罪で捕縛されたのだが……。好評シリーズ第九弾。

藤井邦夫
知らぬが半兵衛手控帖
無縁坂
長編時代小説〈書き下ろし〉
北町奉行所与力・松岡兵庫の妻女が行方知れずになった。捜索に乗り出した半兵衛の前に浪人者の影がちらつき始める。好評シリーズ第十弾。

藤井邦夫

知らぬが半兵衛手控帖

雪見酒

長編時代小説
〈書き下ろし〉

大身旗本の本多家を逐電した女中探しを命じられ、不承不承探索を始めた白縫半兵衛だったが、本多家の用人の話に不審を抱く。

藤井邦夫

知らぬが半兵衛手控帖

迷い猫

長編時代小説
〈書き下ろし〉

行方知れずだった鍵役同心が死体で発見された。遺体を検分した同心白縫半兵衛は、着物の裾から猫の爪を発見する。シリーズ第十二弾。

藤井邦夫

知らぬが半兵衛手控帖

秋日和

長編時代小説
〈書き下ろし〉

赤坂御門傍の溜池脇で男が滅多刺しにされて殺された。半兵衛は、男が昔、中村座の大部屋役者をしていた女衒の栄吉だと突き止める。

藤井邦夫

知らぬが半兵衛手控帖

詫び状

長編時代小説
〈書き下ろし〉

白昼、泥酔し刀を振りかざした浅葱裏を一刀のもとに斬り倒した浪人がいた。半兵衛は、田宮流抜刀術の同門とおぼしき男に興味を抱く。

藤井邦夫

知らぬが半兵衛手控帖

五月雨

長編時代小説
〈書き下ろし〉

行方知れずの大店の主・宗右衛門がみすぼらしい人足姿で発見された。白縫半兵衛らは記憶を失った宗右衛門が辿った足取りを追い始める。

藤井邦夫

知らぬが半兵衛手控帖

渡り鳥

長編時代小説
〈書き下ろし〉

阿片の抜け荷を探索していた北町奉行所隠密廻り同心が姿を消した。臨時廻り同心白縫半兵衛は、深川の廻船問屋に疑いの目を向ける。

藤井邦夫

知らぬが半兵衛手控帖

夕映え

長編時代小説
〈書き下ろし〉

大工の佐吉が年老いた母親とともに姿を消した。惚けた老婆と親孝行の倅の身を案じた同心白縫半兵衛が、二人の足取りを追いはじめる。